ラルーナ文庫

刑事に決め手のプロポーズ

高月紅葉

三交社

CONTENTS

Illustration

小山田あみ

刑事に決め手のプロポーズ

本作品はフィクションです。
実際の人物・団体・事件などにはいっさい関係ありません。

春先の冷たい風が頰《ほお》に当たり、眼鏡《めがね》をかけた田辺《たなべ》はひとり、トレンチコートの襟を立てた。ラウンジばかりが入った繁華街のビルが目的地だ。

エレベーターに乗り、階数のボタンを押す。指先で髪を整えているうちに着き、停《と》まった階で降りて飴色《あめいろ》の扉を開いた。

「いらっしゃいませ」

にこやかに近づいてくるボーイに、脱いだコートを渡して名前を告げる。

待ち合わせだと付け加えるまでもなく、シャンデリアの吊《つ》るされた豪奢《ごうしゃ》な店内へ案内された。赤いベルベットのラウンド型ソファが壁沿いにいくつも並び、それぞれの席のあいだには、すりガラスの仕切りが設置されている。高級店ということもあり、満席にはなっていない。

「来た来た。遅っせぇ……っ」

細縁の眼鏡をかけた和服の男が、指先をヒラヒラと揺らした。ホステスを両脇《りょうわき》にはべらせ、片手にグラスを持っている。テーブルの上に置かれたプレミア焼酎《しょうちゅう》で気持ちよく酔っているらしい。

パッと目に入る雰囲気の麗しさに比べ、はすっぱな口調が著しくアンバランスだ。

声をかけられた田辺は言いようのない苛立《いらだ》ちを覚え、すんっと真顔になった。挨拶《あいさつ》もしないでいると、ソファの端に控えていた岡村《おかむら》がすかさず動き、楽しげに笑うホステスたちを急《せ》かして下がらせた。

こちらは朴訥《ぼくとつ》とした印象の男だ。地味なシングルスーツを着ているが、オーダーメイドスーツに慣れた人間の目はごまかせない。

深い紺色の布地のなめらかさ。体格をさりげなく補正するパターンと仕立ての確かさ。あきらかに金のかかった一着は、そこいらのヤクザが好んで仕立てるとは思えない趣味の良さを兼ね備えている。

田辺は内心で驚き、同時にあきれた。高品質で高級感溢《あふ》れる一流のスーツを、これほどまでカジュアルダウンさせていることに対してだ。無個性と感じられるほどだわいもない着こなしが、和服姿の目立つ佐和紀《さわき》をさらに引き立てる。岡村はわかっていて、朴訥な世話係を演じているのだ。

「あー……」

離れていくホステスたちを見るともなく見送り、田辺は小さく声を発する。せめて自分の隣には女の子を残して欲しいと思うが、気を利かせてもらえるはずはなかった。

佐和紀との『飲み』はいつだって気鬱《きうつ》だ。

注文をつけるのも面倒になり、今夜もおとなしくスツールに腰かけた。

へりくだる気はない。スーツの襟を引いて居住まいを正し、オーダーを取りに来たボーイに生ビールを頼んだ。

「おまえ、なに、ぬるいこと言ってんだよ」

向かい側に座る佐和紀が眉根《まゆね》をひそめた。柳の葉のように細くて美しい眉を見ると、心底から、この男が女だったらよかったのにと思う。眼鏡を取って着飾らせれば、三日は夜のオカズがいらなくなるような風情がある。

「一緒に、グラスをもうひとつ」

手にしたタンブラーグラスを揺らし、佐和紀は軽快な口調でボーイに向かって追加の注文を出す。田辺にも焼酎を飲ませるつもりだろう。

紬《つむぎ》の着流しに羽織姿で眼鏡をかけ、不敵に微笑《ほほえ》む佐和紀は独特の雰囲気がある。眼鏡で素顔を隠していても、ときどきハッと胸を摑《つか》まれるぐらいに整った顔立ちだ。

田辺と岡村の兄貴分である大滝組《おおたきぐみ》若頭補佐・岩下周平《いわしたしゅうへい》の男嫁となって四年が経ち、ますます美貌《びぼう》に磨きがかかっている。

付き合いの長い田辺には、いまでも旧姓の『新条《しんじょう》』のほうが馴染《なじ》み深く、彼特有の雰囲気が、ガラの悪い『狂犬』の本性だとも知っていた。凶暴なチンピラの名残は、そこかしこにある。

そのくせ、ほんの少し艶《つや》が混じる。昔から変わらない特徴であり、田辺の気鬱をもっとも逆撫《さかな》でするところだ。

酔って赤みが差した頰やうなじに色気があり、常識知らずの幼稚さが加わると、隙《すき》を見せられたような気分になる。あきらかに一方的な勘違いだが、見えるのだから仕方ない。

とはいえ、佐和紀の身持ちの堅さは半端ではなく、うっかり手を出そうものなら、うかつな指の一本、すり寄せたあばら一本ぐらい、簡単に折られてしまう。

いまも凶暴さは健在だが、田辺にはまったく関係ない話になった。

美人局《つつもたせ》をしたりして小銭を稼いだふたりは、あるときからまるで別々の人生を歩き始めたからだ。チンピラの粗雑さを残す佐和紀はもう、幼稚な世間知らずではない。

田辺にしても、服を剝《は》いだらどうなるかと想像するような、暇つぶしの興味をいっさい持ち得なかった。なのに、なぜかまた道が交錯してしまい、こうした酒の席に呼び出されている。

「……ツケておけば、あとで払うって言ってるだろ」

すぐに届いた生ビールを喉《のど》へ流し込み、田辺はおおげさに顔をしかめた。

佐和紀が、金に困っているわけがない。名目上の夫である岩下は金回りがいい大幹部だ。支払いなら財布を持たされた世話係がおこなう。それなのに、わざわざ田辺を呼びつけて飲み代を支払わせる。ツケの後払いにしてくれと言っても無駄だった。

これは佐和紀の暇つぶしであり、嫌がらせだ。

しかも、田辺が繰り返したことを、ごく当然になぞられているだけで、まさしく身から出た錆《さび》でしかない。

藪《やぶ》をつつけば蛇が出る。佐和紀に対しておこなったからかいの数々を思えば、呼び出しには素直に応じて、適度に相手をするしかなかった。

機嫌を損ねたら、心底から面倒なことになる。それが田辺と佐和紀の関係だ。

「おまえの顔が見たくなったんだよ」

あごをそらした佐和紀が、意地の悪そうな薄ら笑いを浮かべる。

「……カレシ、元気?」

顔を合わせれば、いつも同じ質問だ。田辺は無表情のまま、うんざりした。『おまえに関係ない』と言おうものなら、そばに控えている岡村に睨《にら》まれる。

佐和紀に執心してしまったせいで、舎弟仲間としての気づかいもなく、まったく肩を持ってくれない。そもそも岡村との仲も、ひとくちに友人と呼べるものではなかった。

「仕事が忙しくて、会えないぐらいには、元気だ」

田辺が答えると、酒をひと飲みした佐和紀はふっと鼻で笑った。

「そのまま会わないでやれば、向こうにとってもいいのに」

田辺のカレシ、つまり『恋人』は男だ。三宅大輔《みやけだいすけ》。組織対策課の刑事で、日々、暴力団を取り締まっている。田辺との関係は表向き、情報をやり取りするヤクザと刑事だったが、いつしか抜き差しならないほど深い仲となった。

目を細めた佐和紀が、グラスを揺らす。氷が硬い音を響かせた。

「別れないの？」

軽い口調で言われ、田辺はこめかみを引きつらせた。

佐和紀は、大輔の名前を覚えようとしない。もちろん覚えて欲しくなかった。からかわれて酒の肴《さかな》にされるのも癪《しゃく》に障る。

「また、それか……。そっちこそ、そろそろ結婚に飽きがきたんじゃないのか。別の男でも試したらどうなんだ」

嫌味で返して、そばに控える岡村へ視線を送る。兄貴分の嫁である佐和紀に惚《ほ》れてしまい、一時期は転落するかに見えた。それが、持ち直すなり一足飛びに成長していま現在だ。周囲を騙《だま》す朴訥さこそが岡村のそつのなさであり、本性は見た目とはまるで違う。

静かに睨み返してくる視線も、刺さるほどに鋭い。

「冗談だよ」

田辺は肩をすくめた。佐和紀との複雑な関係を揶揄《やゆ》すれば、岡村の心は極端なほど狭くなる。付き合いが悪いこと、この上ない。

「冗談にならないんだよなー？」

笑ったのは佐和紀だ。酔いに任せて身を傾け、岡村の腕をバシバシ叩《たた》いてからかう。

かなり痛そうなのだが、岡村は迷惑そうな表情を微塵《みじん》も見せなかった。それどころか、くちびるの端に、ほんのりとした笑みを浮かべる。

「……いや、おまえさ。それは、どうなの……」

田辺は首を傾《かし》げた。いつものことだが、岡村の惚気《のろけ》を見せつけられている気分だ。付き合ってもいないくせに、岡村と佐和紀のあいだには独特の空気感がある。

恋愛ではないが、友情でもない。かといって、主従関係と呼べるほど硬質でもないのに、信頼関係だけは構築されている。そういうあいまいなニュアンスだ。

酔っ払いの佐和紀は身体《からだ》を斜めにしたまま笑う。

「なー、シン。こいつ、どんな顔して、カレシといちゃついてると思う？　だいたい、なんで男を選ぶんだよ。おっかしいだろ」

まるで言いたい放題だ。最後には、お決まりの文句に行きつく。

「相手がかわいそう。本当にかわいそう」

言葉を繰り返した佐和紀は、焼酎の水割りをグビグビと飲み干し、手の甲でくちびるを拭《ぬぐ》った。場末の居酒屋で飲んだくれるおっさんのようで、女と向こうを張れる美貌が台無しだ。田辺は淡い落胆を感じながら眺めた。すると、着物で拭おうとしていた佐和紀の手を岡村が引き寄せた。

「佐和紀さん」

テーブルに置かれた手拭《てふ》きのタオルでそっと手の甲を押さえて拭う。佐和紀は礼を言うでもなく、岡村に片手を預けたまま、酔いのこもった流し目を向けてきた。

「なー、それってやっぱり、俺とヤれなかったから？」

「なんでだよ」

間髪入れずに否定して睨みつける。

余計なことは言い出さないで欲しい。並べ立てられたら土下座をしても足りないような過去ばかりだ。

岡村に知られるのもややこしくなって困るが、佐和紀の旦那《だんな》である岩下に筒抜けるのも、たまらない。

いまは特に微妙だった。やっと舎弟の立場から抜けることが許され、来月には大滝組との関係を断つための対外的な書類の発行が秘密裏に約束されている。それを警察へ提出すれば、田辺は大滝組と無関係になる。カタギへ戻る段取りの一環だ。

このタイミングで岩下の怒りを買ったら、すべての苦労が水の泡になってしまう。

「だってさ、おまえ、本当に……」

「そんな話、どうでもいいだろう」

田辺はさりげなく佐和紀の言葉を遮った。しかし、岡村が割って入ってくる。

「どうでもよくはない」

そう言われ、深追いされると都合の悪い田辺は顔を歪《ゆが》めた。

「仕方がないだろう。あのときはまだフリーだったんだから」

田辺にはそのときどきに女がいたが、誰《だれ》も本命になったことはない。一方、佐和紀はいつもひとりだった。彼が気にかけていたのは組長のことだけだ。

その弱みにつけ込んで、あれこれと関係を迫ったことは本当だが、どれもが不発に終わった。ふたりのあいだに性的な行為が存在したことはなく、田辺からの嫌がらせと佐和紀の恨みだけが積みあがっただけの過去だ。

佐和紀はいまでも根に持っているようで、金を払っても殴られても忘れてくれそうにない。もしかすると、恨みよりもはるかに、田辺をからかうことに楽しみを見出しているのかもしれなかった。

「フリーなら、どんなことをしてもいいわけじゃない」

岡村がチクリと刺してくる。田辺は黙ってビールを飲んだ。余計なことは言わないに限る。だいたい、佐和紀にしたことのほとんどは、当時、酒席の笑い話として岡村に語っているはずだ。しかし、その相手が佐和紀だとは気づかれていない。もう忘れてしまった話も多いはずで、それはありがたかった。一生、気がつかないでいて欲しい。

岡村や岩下以外にも、佐和紀の周辺には美貌と男気に惚れ込むシンパが多く、そのどれもが厄介な男たちばかりだ。

岩下しかり、岡村しかり、大滝組若頭の岡崎《おかざき》しかり。

そして、大滝組組長のひとり息子である悠護《ゆうご》もそこへ加わっている。

田辺にとっては、岩下の次に、佐和紀への悪行を知られたくない相手だ。

大滝組のレッテルを捨てるため、岩下のもとを離れることを決めた田辺は彼の下に入ることを選んだ。

悠護は海外在住のパーティーピープルであり、世界中を飛び回りながら、人から預かった金を元手に利益を得る投資家でもある。

規模は億単位だ。儲《もう》けも億なら、損失も億。シノギが縮小していく日本のヤクザ業界から見れば、桁違《けたちが》いにスケールが大きい。

そして、悠護のやることであれば、岩下は口出しできない。事実、その話を持ち出すことで、大滝組脱退の約束を取りつけることができた。

大滝組を足抜けしても、経歴のすべてがクリーンになるわけではないが、刑事として働く大輔の足を引っ張るような事態にはならない。

しかし、そのために岩下から要求された足抜け料は五千万を超えた。用意した金額を大幅に上回ったが『足りない』とは口が裂けても言えない。

結局、いくらかは悠護から借りることになり、これも気が重かった。

「俺となにもなくて、よかっただろ？　な？」

酔った佐和紀が屈託なく笑う。小首を傾げる仕草は相変わらずの色気と無邪気さを兼ね備え、腹が立つほど魅力的だ。

大輔を好きになったいまだからこそ、過小評価せずに見られる。

昔は無理だった。心乱されるのが憎らしくて、どうにかして虐げてやろうと躍起になっていたのだ。泣かせてみたかったし、屈服させたかった。すがりつくさまを想像したこともある。しかし、すべては妄想だ。

佐和紀に惚れていたわけではなく、好みの見た目が女ではなく男だという事実に苛立ち、制圧せずにいられなかった。

大輔との関係には微塵もない感情だが、こちらもまっとうな感情の始まり方ではない。岩下に言われて、仕方がなく強姦《ごうかん》したのだ。刑事の弱みを摑めるかどうかのテストのようなもので、薬を仕込んで組み敷いたが、大輔が気に病むことはなかった。

おおざっぱな性格で、仕事のためと割り切れば、男同士のセックスにも臆《おく》しない。当時の大輔は既婚者だったが、相手が女でなければ浮気の数に入らないと思っている節があった。仕事至上主義の男だ。

岩下の思惑としては、有事の際にスケープゴートとして使うためのストックだったはずだが、必要となる案件は起こらず、田辺は少しずつ大輔に落ちてしまった。

向こうがなにをしたわけではない。なのに、大輔のことが気になって、そうしているうちに、向こうにも気にして欲しいと思うようになった。

佐和紀の性別が男だというだけで苛立っていたのに、大輔に対しては、容姿が男っぽいことも、頑固かと思えば緩い貞操観念のいい加減さも、まったく嫌にならない。

「あの田辺が、男に恋しちゃうんだもんなぁー」

ケラケラと笑った佐和紀は、岡村の肩を押しながらもたれかかり、空になったグラスを振った。袖がひらひらと揺れる。

「シンちゃーん、おかわり。作って……」

しどけなくおねだりをする佐和紀の態度は、何度見せられても驚く。自分の容姿がいいことも、相手がどんな気持ちになるかも知っていてやっているのだ。

そして、微塵の狂いもなく、男の情緒を乱してくる。

「……新条。やめろ。本当に」

岡村が不憫《ふびん》に思えて、声をかけた。

腕に寄りかかったままの佐和紀は、視線だけを向けてくる。眼鏡の奥の瞳《ひとみ》はとろんとして、焦点が危うい。相当酔っている。

「どれだけ飲ませたんだ」

「俺が飲ませたわけじゃない」

岡村が答えた。佐和紀を腕にぶらさげ、焼酎の水割りを作る。おそらく、怒られないギリギリを攻めた薄い水割りだ。

「別件で飲んだあとなんだ。飲み足りないって言うから」

無表情を取り繕う岡村は、絶対に佐和紀を押しのけない。膝《ひざ》を貸せと言われたら、そのままおとなしく膝枕《ひざまくら》を差し出すはずだ。

「おまえらも飲めよ。どーせ、うちの旦那が払うんだから」

ふふっと笑った佐和紀が、今夜一番のあでやかな表情になった。

無表情の中にも穏やかな幸福を垣間見《かいまみ》せていた岡村の顔がわずかに強張《こわば》る。気づいた田辺はうつむいて笑いをこらえた。肩が小刻みに揺れてしまう。

岡村が佐和紀の真隣に座っているのは、その表情をうっかり見てしまわないためだとわかったからだ。そして、兄貴分の嫁に横恋慕していることなど忘れたかのように、一途《いちず》に心を傾けている。おそろしく不毛で、とんでもなく、こわいもの知らずだ。

「迎えに来るのか……」

岡村の片恋をおもしろがっている場合ではなかった。佐和紀の言葉の裏を読み、田辺は笑いを引っ込めた。顔を上げると、岡村が肩をすくめる。

「店には入らないだろう。この人は、俺が下まで送っていくから」

「なんでだよ」

聞きつけた佐和紀の頬が膨らむ。

遊びの時間は終わりだとたしなめられた子どものようだ。

「いいじゃん。周平も混ぜてやれば。……そんなに自分たちの兄貴分が嫌いか」

「そんなことは、言ってません」

「そんなことは、言ってない」

岡村と田辺の声がぴったりと重なる。言いがかりもいいところだ。

「……アニキは仕事で疲れていますから。早くふたりきりになりたいんじゃないかと」

岡村のフォローをじっとりと睨み、佐和紀は納得しない。ぷくっと膨れたまま、岡村のあご先に手を伸ばした。

田辺は仕方なく立ち上がり、テーブル越しに手を伸ばした。

「それを、しない……」

佐和紀の手を下げさせる。

「おまえは、ソファにもたれてろ。動くな」

「なんでだよー」

「岡村が死ぬ」

「死なねーよ。ばーか。……なぁ、シン？」

呼びかけられた岡村は、作り笑いを貼《は》りつけて振り向く。痛々しいほどの気づかいだ。

一部始終を見た田辺はあきれながらうなだれた。

岡村は、本当によく一緒にいると思う。朴訥として感情の起伏に乏しいように見えるのは表向きだ。我慢の限界が来ないかと心配になる。

それを知ってか知らずか、おそらく、本能的に熟知している佐和紀は岡村の作った水割りのグラスを受け取った。ひとくち飲んで、酒が薄いと文句を言う。

それでも、酒を足すこともなく、ちびりちびりと飲み始める。

そうこうしているうちに岡村の電話が震え出し、佐和紀お待ちかねの迎えが到着した。一緒に飲むのだと息巻いていたはずの佐和紀は、岡村に促されておとなしく立ち上がる。本心は、旦那とふたりきりになりたいのだろう。酔っているから、いつもより素直だ。

「またな」

田辺に向かって声を投げてきた佐和紀が、すちゃっと腕を立てる。紬の袖が下がり、白い腕が剝《む》き出しになる。

田辺は乾いた笑いを向けた。

「もう呼ぶな」

心からの懇願を口に出して訴えたが、酔っ払いは挨拶程度にしか受け取らない。

岡村がビルの入り口まで送り出しに行き、残った田辺はソファ側に座り直した。

しばらくして岡村が戻る。距離を空けて隣に座った。

「おまえにもよろしくって、アニキが」

言いながら、スーツの内ポケットから煙草《たばこ》を取り出して火をつけた。落ち着きのある仕草で煙をくゆらせるのを、田辺はぼんやりと眺める。

「……俺が抜けること、あいつは知らないんだな」

「残念だけど、知ったところで、あの人はいままでと変わらないんじゃないか？」

白い煙を吐き出して、岡村はひそやかに笑う。佐和紀の前では見せない悪びれた態度だ。

正式に決まるまではと、岡村にも話さずにきた。岩下を通じて告知されたのは、先週末のことだ。まだ数日しか経っていない。

「金は足りたのか」

煙草を灰皿の上にかざし、指先で軽く叩いた岡村が言う。灰が落ちたが、岡村は身をかがめたまま振り向かなかった。

「なに？　貸してくれんの？」

冗談で返したが、

「誰に借りたんだ」

岡村の声は静かに深刻だ。心配されている。

「悠護さんだ」

正直に答えると、岡村はようやく笑い出した。

「まぁ、悪くない相手だ」

「本当にそう思うか？」

田辺も煙草に火をつける。

「そこを頼るとは、思わなかったからなぁ……」

岡村は不思議そうにつぶやいた。岩下と悠護の『連絡係』をしてきた田辺と違い、岡村は悠護のひととなりや仕事を詳しく知らないはずだった。

それとも、独自に情報を得ているのだろうか。もし、そうだとしたら、田辺が思う以上に、岡村は力を持っている。

「……岡村。おまえ、もしかして、かなり稼いでる？」

スーツの生地や仕立てが良くなったように、情報の質も上がっているとすれば、こちらにも相当の対価を払っているはずだ。

「おまえほどじゃない」

そうは言うが、岩下が持っていたデートクラブの事業はすべて岡村へ譲られている。

嫁の活動資金を確保するためだと予測はつくが、普通ならば岩下自身が管理を続けるか、嫁である佐和紀へ譲ればいい。それなのに岡村に任せると決めたのは、培ってきた信頼の大きさと、金銭に執着しない岩下の習性ゆえだろう。

岩下は目的のためになら手段を選ばない男だが、目的がなければ微塵も動かないところがある。これまで金を稼いできたのは、若頭の岡崎をバックアップするという目的があってこそだ。

そのために作り出された稼ぎの全貌《ぜんぼう》は、田辺にも摑めない。もしかすると、悠護の規模を超えている可能性もある。国内外合わせた資産は相当な額に達するはずだし、舎弟たちを右へ左へと働かせているだけでも遊んで暮らせるに違いない。

岩下の資産はうまく分散され、警察や法の目をかいくぐりながら、悠護へと流れている。彼が資金の洗浄や運用を行い、常に市場へ注ぎこむことで資産の圧縮もなされているのだ。

彼らは、正真正銘のインテリヤクザであり、もはや、暴力団でもなかった。

従来の暴力団では考えつかないことをやってのけ、それらを組には還元しない。組へ流れる金は、まったく別のルートを通ってくる。だから、警察も尻尾《しっぽ》を摑めないでいるのだ。

「……そういや、新条の資産って、どうなってんの？　ずいぶん前に、アニキから『増えてる』って聞いた。俺が返した金だろ？」

「おまえの金じゃない」

佐和紀と一緒にやった美人局の数々で、渡すべき報酬から田辺がピンハネしていた金だ。

岡村は笑いながら、グラスを持った。指に煙草を挟んだまま、佐和紀が残した焼酎の水割りを飲む。素知らぬ顔の間接キスだが、岡村はほんの少し、飲み口をずらしていた。

「あれは投資に回してる」

間接キスさえも遠慮する、けなげな岡村が答えた。

「アニキのほうのトレーディングだ。やっと三倍ってところかな……」

「まだ三倍か」

元本割れを避け、かなり慎重に運用しているのだろう。

「タカるなよ」

岡村から釘《くぎ》を刺され、田辺は肩を揺らして笑った。

「あいつから借りるのが、一番こわい」

「それは自業自得ってやつだよ。来月には看板もはずれて……。どうするつもりなんだ」

「だから、悠護さんに職を斡旋《あっせん》してもらって……」

「そうじゃなくて、『カレシ』」

佐和紀と同じ言い方をされる。田辺は腕組みをして、ソファにもたれた。

大輔にはまだ、脱退についての話をしていない。ちゃんと正式に決まってからでないと、ぬか喜びさせるだけだ。

「んー、そうだな。プロポーズでもして、結婚しようか」

叶《かな》わない恋をしている岡村へのあてつけも込めて、冗談混じりに口にした。

しかし、意外なほど胸の奥にぐっときて、それも悪くない案だと田辺は思った。

＊＊＊

田辺が佐和紀に呼び出され、岡村と飲んだくれた翌日。

恋人である三宅大輔は、路上に停めた覆面パトカーの運転席に座っていた。スマホの画面をいじっている。

張り込みの最中だ。暇そうな雰囲気を出しているほうが、通行人にも警戒されない。

「去年の春頃、遠野組《とおのぐみ》と沢渡組《さわたりぐみ》のあいだがザワついてたのを、覚えてるか」

助手席から西島《にしじま》が話しかけてくる。

ちらりと視線を向けた大輔は、携帯電話の画面を消した。

見ていたのは田辺からのチャットメールだ。メッセージには二日酔いだと書かれ、味噌《みそ》汁《しる》の写真が添付されていた。

「確か、沢渡組の幹部がクスリで……」

と、大輔は答えた。

大滝組系列・沢渡組の幹部が重度の薬物中毒となり、同じく下部組織である遠野組が動いた一件だ。

大輔と西島が所属する県警の組織対策本部暴力団対策課でも、ひと通りの捜査がおこなわれた。しかし、遠野組の対応が素早かったせいで後手に回り、薬物の入手ルートの解明には至らず、逮捕者も出なかった。

「今回の件も、遠野組が関係しているんですか」

「そうじゃないんだけどな」

西島は歯切れ悪く言って、煙草を取り出した。火をつけようとしているのを大輔が止める。車内は禁煙だ。近頃は、警察内でも禁煙が推進され、覆面パトカーも喫煙車と禁煙車に分かれている。

喫煙車は主に張り込み用だが、台数が少ない。肩書きと年功序列によって優先順位が決まるので、大輔たちが使うのはいつも禁煙車だ。

「無駄なことをしてるような気がする、って話だ」

火のついていない煙草をくちびるにくわえ、西島は頭の後ろへ両手を回した。

暴力団と違法薬物の流れを追って数ヶ月。季節は秋から冬を過ぎ、年をまたいで春へと移り変わっている。

「上への不満かよ」

先輩を鼻で笑い、大輔は顔をしかめた。

「あのときも、けっこうな無駄骨だっただろ。同じ匂《にお》いがする、って話だ」

答えた西島が吸えない煙草をあきらめ、箱へ戻した。そのまま、大輔に向かって手のひらを見せる。大輔は無言でポケットを探り、取り出したミント味のキャンディを渡した。

関東一帯をまとめる大滝組は、名目上、薬物売買によるシノギを禁止している。その代わりに薬物を商っているのが、京都の桜河会《おうがかい》だ。わざわざ遠征をして、関東一帯での売買権を借りているような状況にある。

沢渡組と遠野組の一件が起こるまでは、沢渡組が神奈川県内、特に横浜・川崎・相模原における薬物売買権の管理をしていた。現物の一時保管も請け負っていたのではないかと、大輔たち警察は見当をつけた。しかし、肝心の証拠は挙がらなかった。

「あの一件から、沢渡組は薬物売買と距離を置いてるはずなんだ」

「遠野組もですよね」

ふたつの組がさっぱりと身ぎれいになったことは、この数ヶ月の捜査ではっきりしている。しかし、西島は沢渡組の動向にこだわっていた。

その最大の理由は『私情』だ。過去の遺恨が大輔の足を引っ張らないかと、西島は心配していた。

四年前に離婚した大輔の元嫁は、沢渡組に関係するチンピラと愛人関係に陥り、本人も薬物を使用していた。すでに愛人とは手を切り、大輔とも離婚した。

いまは別々の人生を歩んでいるが、どこで名前が出てくるとも限らない。

しかし、そのことについて西島が話すことはなかった。大輔も知らぬふりをしている。

「これって、アレですか。俺たちはスカを掴まされてる、っていう……」

大輔が口にすると、西島はおおげさなため息をついた。

ここ数ヶ月、抜きん出ているのは安原《やすはら》たちのチームだ。ろくな情報ルートを持っていないと軽んじていたが、ようやくまともな情報源を得たらしい。

「どっかの誰かが、ちゃんと働いてればなぁ」

低くかすれた声が、あてつけがましく嫌味を言ってくる。ミントキャンディの匂いが車内を爽《さわ》やかにしていたが、息を吐いているのはいかつい顔をしたおっさんだ。

大輔は眉根をひそめ、隣に座る先輩兼相棒をきつく睨みつけた。

「人のせいにしないでもらえますか」

情報源のヤクザとねんごろになった挙げ句、よりにもよって男同士で『恋人』になってしまった。それは確かにルール違反だったかもしれない。

しかし、西島は初めからふたりの関係を悟っていたのだ。

対価としての肉体関係だったうちは黙認していたくせに、いよいよ本気になってしまったと知るやいなや、女の良さを思い出させようと、半ば騙すようにして風俗店へ付き合わせた。もちろん接客は受けなかったが、大輔は憤った。

河喜田《かわきだ》という生活安全課の刑事が話を聞いてくれたことで、西島に対するわだかまりは消え、ケンカらしいケンカに発展させず済んだ。

西島から『すまん』とひと言だけの謝罪も受けている。

しかし、あれ以降、恋人の田辺を情報源として扱わないことを決めた。大輔なりのケジメだ。西島にもはっきりと宣言をした。

「潮時だったんです」

つれなく言って、窓の外へ顔ごと向ける。西島の重いため息が車内に広がった。

「情報をもらおうが、もらうまいが、相手はヤクザだぞ。うちの『お客さん』じゃねぇか。どっちにしたって、いちゃいちゃしてんだろうが」

「してません……」

皮肉を言われて苛立ったが、拳《こぶし》を握ってこらえる。

西島の心配も、不都合も、そしてわずかに見え隠れする嫌悪感も知っていた。

大輔は田辺を情報源として利用してきたが、西島は『大輔と田辺の関係』を利用してきた。それは初めからわかっていたことだ。大輔も納得ずくで、岩下周平の舎弟分を情報源にしていることを誇らしく思いもした。

ほかのチームに勝つためなら、これがひいては部署のため、警察のためになるのなら、自分の身体を使っても、利を取ることの意義がある。

そしてなによりもまず、男同士でするアレコレは、大輔にとってセックスの範疇《はんちゅう》に入らなかったのだ。

西島もその一点を信用していたのだろう。異性愛者の大輔が、同性愛にのめりこむことなど微塵も想像しなかったはずだ。

しかし、いまとなっては、すべてが真逆に変わってしまった。田辺のことが特別になりすぎて、感情が先走る。

自分でも冷静じゃないと自覚するぐらいだ。道を間違えたとさえ考える。

でも、それのどこがいけないのか。まるで、わからない。

大輔はもう田辺を好きになっている。

刑事とヤクザであることが障害なら、変えるべきなのは肩書きのほうだ。そこさえ変われば、男同士でも一緒にいられる。

大輔が交番勤務をしていた頃、家出をした中学生のカップルを保護したことがあった。特別な家庭環境にあるわけではない、ごく普通の少年少女だ。高校受験を控え、交際をやめるように強いられての家出だった。

彼らは真剣な顔で、いましかないと繰り返した。学校も行くし、勉強もするし、受験も頑張る。だから、一緒にいることはやめたくない。自分たちの関係を、成績や受験の言い訳にもして欲しくない。離れたら、頑張る理由さえなくなってしまうと言って泣きじゃくった。

当時の大輔には、ふたりを諭す言葉がまるで見つからず、ただただあきれ返り、若さのみずみずしさをうらやましく感じていた。

自分には縁のない感情に思えたからだ。

あんなに純粋で、一瞬のきらめきに燃える恋はできないと痛感した。

だから、田辺とのあいだにある感情が瞬間的な衝動だとしても、否定しない。本来なら知り得なかったはずの想いを否定したくない。

「……あんな詐欺師との仲、俺は認めねぇからな。もてあそばれてるんだぞ、おまえ」

西島はいまいましげに皮肉を言う。大輔の心を奪った田辺が憎いのだ。もちろん嫉妬《しっと》じゃない。大輔はいままで、仕事一筋で来た。元嫁との結婚も、身辺を落ち着かせるためでしかなかったぐらいだ。仕事に打ちこむことが人生のモチベーションだった。

そんな大輔を買っていた西島には、仕事に支障をきたしているように見えるだろう。事実、大輔のモチベーションは以前と違っている。

「いいですよ、そんなことはもう」

取り合わずに、軽いため息でかわす。不満げな西島からのプレッシャーが横波のように押し寄せてきたが、大輔にはやはり、どうということもなかった。

心はもう決まっている。

田辺とふたりで生きていくことにしか興味が持てなくなった大輔が、このまま刑事を続けていられるはずもない。

ヤクザと恋人関係にある大輔も不安定な立場だが、田辺はもっと危うい状況にある。兄貴分は、大滝組大幹部の岩下だ。彼のあくどさは折り紙付きで、大輔を守ろうとするほどに、危険になるのは田辺自身だ。これまでにも、大輔をかばって制裁を受けてきた過去がある。

「大輔。……それは『逃げ』だろ」

心を見透かした西島が言う。無骨な見た目をしていても、ぞんざいな物言いをしても、西島という男は、ものごとを繊細かつ慎重に扱う。真実を軽んじることはなかった。

大輔と西島が所属するチームが手柄を積んできたのも、大輔が引っ張ってきた情報を最大限に活用できる西島がいたからだ。

「なにから逃げてるって言うんですか」

大輔は振り向いた。いつものようなごまかしはやめて、西島を見る。

「自分が信じてきたものを捨てて恋愛に走るのは『逃げ』だ。責任を放棄してるんだ」

酒の席でも口にしない真面目な言葉が、大輔の胸へ突き刺さった。

大輔が心に決めたことを、西島は悟っている。

「ここが踏ん張りどころだと思わないのか」

「そのために、自分の惚れた相手を危険に晒《さら》せない」

「相手に捨てさせろよ。まっとうなのはおまえのほうなんだぞ……」

西島の表情が歪む。

「……知ってるくせに、よく言えますね」

大輔はつぶやくように言って、くちびるの端を片方だけ引き上げた。皮肉を交えて笑う。日陰の人間を日向《ひなた》に引き出すなんし、殺人行為だ。暗闇《くらやみ》に慣れた相手は、光に当たって焼け死んでしまう。

落ちた人間を引き上げようとするのも同じことだ。結局は、ふたりともが奈落《ならく》へ落ちる。しかし、一緒に堕《お》ちることができるなら幸せだ。少なくとも、相手を死なせずに済む。

最近の大輔は、常にそう思う。

「河喜田さんに仕事を辞めるなと言われて、そのつもりでやってきたんですけど……。俺にはもう、仕事への情熱とか、意欲とか、ないんです」

「……俺と一緒に偉くなるんじゃなかったのか」

西島の声が弱くかすれた。いつもの勢いがないのは、この数ヶ月で西島と大輔の考えが決定的にすれ違っているからだ。

なにをしてもいままでのようにいかず、連携が取れなくなっている。通じていた心の回線は途絶えてしまった。

西島に騙されて風俗へ押し込まれたことが原因じゃない。あれは、ただのきっかけだ。大輔の心を大きく揺らしたのは、河喜田から言われた言葉だった。

『ふたりでいたいなら、答えはひとつずつじゃない。ふたりでひとつだ』

『なにを捨てるかじゃなく、お互いが、なにを望むかだ』

大輔は何度も反芻《はんすう》して考えた。

母親のことも、仕事のことも、いままでの人生も、すべてをひっくるめて考えて、答えを探そうと努めた。

これ以上ないぐらいに考えたから、最終的な答えは田辺と選ぶつもりだ。

一週間後、ふたりで旅に出る。別れた嫁の暮らしぶりを確かめ、そこではっきりさせると大輔は決めていた。

「俺と西島さんで、本当に偉くなれると思ってるんですか。ムリでしょ」

すげなく答えた大輔の肩を、西島が強く摑んできた。指先が関節に食い込む。

痛みに顔を歪め、大輔はそっけなく振り払った。

「西島さんだって、あいつが完全に『足抜け』できるわけないってわかってるはずだ。相手は岩下ですよ」

するりと足抜けできるヤクザは、しょせん雑魚《ざこ》ばかりだ。金を作れず、金を持っていくだけの人間なら、あっさりと縁を切ってもらえる。

しかし、金を作る才覚がある人間は離してもらえない。たとえ書面上は関係を切ることができたとしても、いつのまにか囲い込まれ、ずっと強請《ゆす》られ続けるのだ。カタギに戻ったことで、いままでの繋《つな》がりを使うこともできず、逃れることはいっそう難しくなる。

そういうヤクザを、西島は何人も知っているはずだった。

警察は組からの脱退を勧め、ヤクザはそれに従う。

しかし、そのあとのことには、誰も関与しない。そのときにはもう、ヤクザは単なる一般人だ。金もなく仕事もなく、家族にも友人にも見捨てられた彼らは、元仲間からの陰湿な攻撃に対してなす術《すべ》がない。警察に相談しても、事件にするのは難しいと、元ヤクザであることをほのめかされて終わる。

田辺も同じことだ。

足抜けできたとして、どこまで守ってやれるだろうか。元ヤクザの肩書きはついて回る。団体からの『足抜け』と、裏社会から『足を洗う』のは別のことだ。

それならば、大輔が警察を辞めるほうが手っ取り早い。

あとはもう、法の隙間をかいくぐって生きていくだけだ。

「だから……、身体だけでいれば、よかったんだ」

西島が息をひそめる。情報が取れるのだからと、男同士のセックスを見逃してきたことを悔いているのだろう。

そう思った大輔は、鼻で笑って顔を伏せた。

「悪徳刑事でいられるほど神経の太くない、俺が悪いんですよ」

自嘲《じちょう》して口元を歪める。

「でも……すみません。……俺、いまが一番幸せだから。ほっといてください」

そう言うと、車内は静まりかえった。

西島は言葉に困ってまで会話を続けるような男じゃない。

どちらも黙り込んで、車外へ目を向けた。重い沈黙が、覚悟を決めた大輔には心地よく感じられた。

＊＊＊

助手席に座った大輔は窓を少し開けた。くわえ煙草に火をつける。

横目でちらりと見た田辺はくちびるを引き結んだ。

自宅まで迎えに行ったときから口数が少なく、仕事疲れの残った大輔の顔色は冴《さ》えない。いかにも機嫌が悪そうで、楽しい道行きとはいえない雰囲気だ。

大輔をピックアップしたあと、車を羽田《はねだ》空港の駐車場へ預けて飛行機に乗った。行き先は福岡だ。空港でレンタカーを借り、いまは佐賀方面に向かっている。

大輔の不機嫌さとは裏腹に、春空はからりと晴れていた。強い太陽光線が降りそそぎ、窓の外に広がる海をきらめかせる。

ハンドルを握る田辺は、必要最低限しか大輔へ声をかけなかった。沈黙を恐れるような関係でもないし、大輔は体調や心境を根掘り葉掘り聞かれたいタイプでもない。

尋ねて欲しいときは態度でわかる。

いまはただ、そっとしておいて欲しいのだろう。しかし、ひとりにされたくもない。

複雑な男心の内側を、田辺は注意深く想像してみた。

別れた嫁と、彼女がずっと恋をしていた年下の男。ふたりのあいだには子どもが生まれている。その三人の暮らしぶりを自分の目で確認したいと大輔は言ったのだ。

一緒に行って欲しいと誘われたことに安堵《あんど》する一方で、田辺の心はわずかだが曇った。

女の恋は『上書き保存』で、男の恋は『別名保存』。どこかで耳にした表現が、そのとき、田辺の脳裏をよぎった。うまいたとえだ。

大輔もいまだに彼女との生活を忘れず、よかった思い出だけを心のどこかにとどめている気がした。それも仕方のない話だった。

男の未練だとは思わない。田辺には覚えておきたいほどの女はいなかったが、それでも、忘れずに美化された思い出はいくらかある。恋や愛ではないからこそ、記憶の一ページにとどまる感情の切れ端だ。

ハンドルを握った田辺は、ちらっと大輔の横顔を盗み見た。

引き締まった頰と、吊り上がった眉。笑うと垂れ目がちになる瞳は、まっすぐに前を向いている。

そういう横顔が大輔だと、田辺は思う。

真面目《まじめ》すぎるぐらい生真面目で頑固なのに、自分ではそうと気づかず、世間を斜めに見るような不真面目さと優柔不断が欠点だと思い込んでいる。

責任感と正義感がミルフィーユのように積み上がった心の奥には、ほんのささいなことを不安に感じる大輔もいて、思わず心配になってしまうほど繊細だ。身のまわりで起こるたくさんのできごとに翻弄《ほんろう》され、そのたびに両足を踏ん張って耐え抜く。

そういう強さは人並み外れていた。

誰よりも大輔に厳しいのが、彼自身だからだ。

男とはこうあるべきという枠組みを重んじて、道から外れることがないように自分を律して生きている。彼の癖のようなものだ。田辺との関係を続けながら、なかなか離婚しようとしなかった。それも大輔の責任感の強さであり、正義感の表れだ。

田辺にとっては愛すべき個性であり、肯定し続けたい部分でもある。

そこには固定観念に囚《とら》われた生きづらさがあり、大輔も自覚しているところだ。そうでなかったら、この関係が深くなることはなく、大輔が田辺を好きになることもなかっただろう。

大輔が『好きだ』と口にしてくれるたび、田辺の心は乱れる。男を好きになるはずのない相手だと知っているし、自分も本来は異性愛者だからだ。そう思っても、感情が冷めることはなかった。愛情を示されると、とにかく胸が震えてたまらなくなる。大輔を掻《か》き抱きたい衝動に駆られ、誰にも告げなかった愛の言葉を並べ立てるしか術がなくなる。そういう自分にも、大輔に出会って初めて気がついた。

なにもかもが特別だ。だから、不安が消え去ることはない。

大輔がどんなふうにこの先のことを考えているのか、どう生きていきたいのか、ふたりの関係をどこへとどめておきたいのか、田辺にはわからない。

足抜けの準備をしていることも、まだ話せる段階ではなく、いざとなったとき、それを否定されることも考えなければならなかった。利害関係のなくなることを本心から歓迎するとは限らないからだ。

ハンドルを握る指に力が入り、田辺はサングラスの内側で目元を歪めた。

大輔の先輩刑事である西島から呼び出されたのは、四日前のことだった。

いつもとは違い、酒のいっさいを断った西島は、出し抜けの唐突さで絨毯《じゅうたん》へ膝をついた。いきなりの土下座だ。田辺に驚く暇を与えず、額をこすりつけて言った。

「大輔を道連れにしないでくれ」

高級ラウンジの個室で聞く声には悲痛さが溢れ、よほどの苦悩もちらつく。

普段なら格好が悪いと笑い飛ばすところだが、大輔が絡んでくるとそうもいかない。田辺は真剣な顔つきになり、西島へ視線を向けた。

顔を上げろとも言わず、次の言葉を待つ。

「大輔は、おまえと一緒に、落ちるところまで落ちるつもりだ」

言われた瞬間、田辺は醒《さ》めた気分になった。眼鏡を指先で押し上げる。

岩下の眼鏡姿に憧《あこが》れてかけ始めただけで、レンズには度が入っていない。だから、かけていてもかけていなくても、ものの見え方は変わらないのだが、向き合う相手に与える印象は変わってくる。

眼鏡をかけているときと、かけていないとき。不思議と前者のほうが人を騙せた。

本心を隠しているほうが信頼を得やすい性質《たち》だ。

「愛想を尽かされたんですか」

しばらく時間を置いた田辺が答えると、土下座をした西島の肩が揺れた。

ふたりの仲に口出しされるのは、これが初めてじゃない。折に触れ、西島は予防線を張ってきた。つまり、おまえたちの関係は、刑事とヤクザ、その利害関係の上にしか成り立たないと釘を刺されてきたのだ。

しかしついに、風向きが変わった。大輔が自分の意志で一線を越えたのだと察し、そのことに驚き戸惑っている西島を見下ろす。

「俺はなにも聞いてません」

西島が口を開かないので、田辺は仕方なく左右に首を振りながら言った。

「仕事の愚痴を言わない人なんで……。あんたが思ってるような関係じゃない。俺たちは」

「……じゃあ、どんな関係なんだ。おまえが、あいつを自分のオンナにして、自分の懐へ引きずり込んだ。俺は、おまえが……」

顔を伏せたまま、西島はぶるぶる震える。床を掻いた指が拳を握りしめた。

「おまえなら、あいつを男にできると信じた。俺はそう言っただろう」

「土下座までしてるくせに、偉そうだな」

ふっと息を吐くように笑い、田辺は目を伏せた。

大輔の思惑が脳裏をよぎる。どこかに、そんな予感はあった。

田辺との関係を守るために大輔は大輔で辞職を決め、それをついに西島へ宣告したのだ。

「嫌がる相手を引き止めてどうするんですか。岩下の情報が欲しいなら、他の人間を紹介しますよ。あんたが自分で取ってきたらいい。……だいたい、あんたはわかっていて、あの人に危ない橋を渡らせ続けたんだ。それが実力を認めていたことになるのか、俺にもちょっとわからないな」

意地悪く言って、煙草を引き寄せる。大輔と田辺の関係を都合よく利用してきたのは西島だ。いまさら、大輔の身の上を心配するなんて、こんなにおこがましい話もない。

「愛想を尽かされたあんたが悪いんだろう。目下の人間の使い方も知らないで、困ったらヤクザに頭を下げんのか？　警察ってのは、ほんと、調子がいいよな」

「足抜けする気はないのか。詐欺の仕事も、最近はやってないんだろう。それなら」

「簡単に言わないでもらえませんか……」

大輔からはまだなにも聞かされておらず、相談もされていない。おそらく、今度の旅行で倫子《のりこ》の様子を確認し、その上で自分の心に決着をつけるつもりなのだろう。

相談されることになるのか、決定事項として告げられるのか。田辺はどちらでもかまわなかった。そのときに、こちらも足抜けを告げ、今後のことを話し合えばいい。

お互いが肩書きを捨てることだってできる。

しかし、そのことを大輔より早く西島へ話すのは不本意だ。

それに、どう考えても西島は都合がよすぎる。大輔はモノになるとか、男にしてやりたいとか言っても、自分にとって使いやすい飛び道具を求めているようにしか見えない。

引き金ひとつで飛び出していくと思っているのなら『鉄砲玉』同然だ。

これまでは我慢してきたが、大輔をそんなふうに扱われるのは本意ではない。大輔が警察に残るつもりなら別だが、辞めると決めているのなら、この際、田辺からはっきりと断罪してやりたい気分になる。

本当なら、田辺との関係を知った時点で、西島が止めてやるべきだったからだ。大輔の生真面目さを知っていれば、抱き込まれることだって想像がついただろう。岩下の周囲を嗅《か》ぎ回る人間の末路も知っていたはずだ。

「西島さん。言っておくけど、俺とあの人のことは、岩下も知ってる」

田辺の言葉に、西島が顔を上げる。その目を覗《のぞ》き見るように、田辺はしゃがみこむ。くちびるに挟んだ煙草を、指で抜き取って遠ざけた。細い煙を吐き出し、目を細める。

「……そう」

田辺はうなずいた。

「そうだよ。岩下が動かないのは、嫁をもらったからだ。でも、そんなことがいつまで続くかな。どこの誰が管理していようが、気ままに手を出す人だってことは知ってるだろう。俺がヤクザをやめたら、どうなると思う」

「それは……」

西島の顔が青ざめた。田辺がヤクザをやめてカタギになれば、大輔の抱える問題はひとつ減る。ヤクザと関《かか》わりを持つよりは、元ヤクザの面倒を見ていることにしたほうが説明もつきやすい。

しかし、それは世間体の話だ。岩下を取り巻く、ダークな裏社会の話ではない。

「あんたは、自分のモノサシで計ってるだけだろ。それ、何センチのモノサシだよ。ヤクザまで計れんのか」

西島の肩にぐっと力が入る。

これまで田辺は、西島の機嫌を取るだけに終始して、大輔の立場についてまともな話をしてこなかった。口ではこきおろしても、大輔が西島を尊敬していたからだ。

その相手に割って入られたら、ふたりの関係は簡単に壊れてしまう。いままでは、その程度の仲だった。けれど、いまは違う。

状況は変化を続けている。この先のふたりの生き方を守るために、田辺はさんざんに考え尽くしてきた。そんなことは、西島に指図されるまでもない。

絨毯に片膝をつき、田辺は冷たく言い放った。

「これ以上、あんたの好きにはさせない。あの人が警察を辞めようが続けようが、そんなことは本人の自由だ。落ちていくのかどうかも、黙って見てろよ。あんたのところにいたって、ヤクザに使われるのと変わらないだろ」

「誤解してる」

西島が、止めていた息を一気に吐き出した。ギラギラした目で田辺を睨んでくる。

「大輔が必要なんだ」

「あんたの代わりに、男に抱かれてくるからか？　ふざけんな」

すくりと立ち上がった田辺は、狭いＶＩＰルームの中を歩き回った。これまで我慢してきた苛立ちが溢れておさまらない。

「じゃあ、おまえらの仲を潰《つぶ》せばよかったのか！」

西島が叫んだ。拳でソファを力いっぱい叩く。

「そうだよ、俺はあいつを利用した。でも、まさか、ケツを掘られて平然としてると思うか？　初めからゲイで、偽装結婚でもしてたのかと思ったんだ！　別に男が好きだからって、なよなよしてるヤツばっかじゃないからな！　でもそうじゃないこともわかって、嫁はあんなことになるし……、あいつの精神状態はずっと観察してきた。おまえとの関係でバランスを取ってるのを、ずっと見てきた！」

立ち上がった西島が猛然と摑みかかってくる。

「てめぇをぶっ殺そうと思ったときには、どうにもならなくなってたんだろうが！」

煙草を持っているほうの手首を摑まれ、バンッと頰を張られる。眼鏡が飛んだ。

「くそったれが！」

田辺の手から煙草をもぎ取り、灰皿で揉《も》み消す。それから、律儀にも、飛んでいった眼鏡を拾い上げた。

「大輔を持っていったら、とことん追い込んでやるからな。岩下の舎弟だろうが、知ったことか！」

「……あんた、あの人に惚れてんの？」

ヒリヒリ痛む頬を指で撫でながら、田辺は片目を細めて睨みつける。拾った眼鏡をテーブルに置いた西島が眉を吊り上げた。

「節操のかけらもないおまえらと一緒にするな。不愉快だ。上が上なら、下も下だ。ふざけやがって」

「こだわりすぎだ……」

若手は大輔ひとりじゃない。他にも使える後輩はいるだろう。

田辺はそう思ったが、西島は鼻息荒く不満げに胸をそらした。

「新卒で入ってくる警察官の中に、どれぐらいめぼしいヤツがいると思う。組対に配置されて、気心が知れて。砂の中から金の粒を探すようなもんだ。……大輔は、俺にとってのそれだ。返せ、ドロボウ」

「ひどい言われよう……」

笑いながら、田辺はテーブルの上の手拭きを掴んだ。水割り用の氷を包んで頬に押し当てる。力任せに殴られ、まだ痛みが引かない。

「西島さん。あんたさ、ちょっと変だな」

言いながら、ソファにどさりと座り込む。『後輩がかわいい』という次元じゃない。うだつのあがらないふりをしているだけで、西島にも裏があるのだろう。

これまではうまく隠していた尻尾が、大輔の決断によってチラチラと見え隠れを始めている。しかし、それを知る必要はなかった。

他人の秘密に関して慎重になるのが、岩下の舎弟分として生きてきた田辺の性分だ。

「……いいや。なんでも……」

ネクタイをゆるめて首元のボタンをはずす。向かい側に座った西島を見た。

「西島さん。俺は大滝組から抜ける。春の定例会が済めば、通知が回るんだ。あの人はまだ知らない。もちろん、足を抜いたって、完全に足を洗えるわけじゃない」

今後は悠護の下につき、岩下と関わっていくことになる。

かなり色の濃いグレーゾーンだ。舎弟でなくなれば、岩下も手加減をしなくなり、嫁の佐和紀を介在させることもできなくなるかもしれない。

だからこそ、悠護の存在だけが岩下に対抗できる唯一の切り札だ。

「で、あんたは、なにをする人なの？」

眼鏡をかけずに、まっすぐに見つめる。聞かないでおこうかと思ったが、問いかけは口をついて出た。

ソファにだらしなく座った西島は、靴の先で床を叩いて笑う。肩が震え始め、やがて全身が揺れた。

「……大輔は引きがいいんだ。人間は詰まるところ、運なんだよ」

男の目がギラッと光る。ヤクザ以上にヤクザらしく見えたが、いかつい男の威圧感にも田辺は慣れていた。怯《ひる》むこともなく、真正面に受け止める。

「その前に、田辺さんよぉ……、はっきりさせてくれよ。おまえは、自分の惚れた人間を囲い込んでいたいタイプなのか。それとも、自由なままでいさせてやりたいと思うのか」

心の奥を覗き込む西島の視線は鋭かった。いかつい刑事の顔つきに、油断ならないなにがしかの気配が滲《にじ》む。

ぐっと込みあげる高揚感に、田辺は薄く笑った。勝負に出るときの岩下と対峙《たいじ》する緊張感がよみがえり、西島を見た。

西島の質問に対する田辺の答えは、決まっていた。ずっと前から決まっている。

開け放った車の窓枠に肘《ひじ》をかけ、髪を風に任せていた大輔が振り向く。

「あや……」

小さな声で呼びかけられた。

「ん？　なに？」

前を向いたまま、田辺は穏やかに応《こた》える。

しかし、大輔は黙ってしまう。それきり、なにも言わなかった。軽くかぶりを振ったかと思うと、また窓の外を見る。

車は海沿いを進み、互いの心とは裏腹に爽やかな景色が流れていく。

大輔の不安を想像して、田辺もいまは言葉を飲み込む。呼びかけの続きは問わなかった。

＊＊＊

前妻である倫子が暮らしている場所は、離婚後も連絡を取り合っている母親から聞き出した。

福岡県最西部の町だ。玄界灘《げんかいなだ》に突き出た半島のビーチ沿いに、そのカフェは建っていた。

青い屋根と白い壁のビーチハウス風だ。海に面した高台にあり、一段低い広場が駐車場になっている。

カフェから一番離れた場所に駐車して、田辺がエンジンを切った。

平日とはいえ、一般的には春休みだ。駐車場は半分ほど埋まり、若い男女や家族連れで賑《にぎ》わっている。

ひっそり商っているとばかり思い込んでいた大輔は面食らった。

「今日は暑いね。最高気温は二十二度だって」

携帯電話で天気予報を確認していた田辺が、運転席のドアを開ける。

爽やかな海風が吹き込み、大輔はゆっくりとシートベルトをはずした。

「どうした？」

先に車を降りていた田辺が、上半身だけを車内に戻し、聞いてくる。薄手のセーターはサックスブルーのボートネックで、薄いベージュのパンツを合わせている。今日もスマートなイケメンだ。

「いや……、うん……」

もごもごと煮えきらない返事をした大輔は、なかなか外へ出られずにまごつく。終わったことだと思っていたのに、いまさら気持ちが乱れてしまい、胸がざわめいた。

急かしてこない田辺は、ドアを開けたままで片足だけを外へ出し、運転席へ座った。

「先に見てこようか」

優しげに言われ、大輔はますますうつむいてしまう。

ジーンズの片膝を引き寄せ、あごを乗せる。じっとして、ダッシュボードのあたりを見つめた。

田辺の手が伸びてきて、ポロシャツの襟を直される。そのまま、半袖から出た肘をさらりと撫でられた。

息がゆるゆるとこぼれて、胸の奥が痛くなる。

「勝手に心配して、勝手に来たりして……。俺は相変わらずなんだな、って、思ってる」

「『気にしてる』ぐらいだと思ってたけど」

軽い口調の中に突っかかるような雰囲気を感じ、大輔はいたたまれない気持ちで憂鬱《ゆううつ》になる。『心配』と『気にする』との違いも問い質《ただ》せないままで、前妻を心配することを田辺がどう感じるのか、ここにきてやっと想像している自分がもの悲しい。

大輔は、もう片方の膝も引き寄せた。レンタカーの助手席にスニーカーの踵《かかと》を乗せて、足のあいだに顔を押し込む。

「……見てくるよ」

田辺の指先が、うなじをかすめた。体温を感じた瞬間に漂うのは、愛用している香水の匂いだ。視線で追ったときには、ドアがバタンと閉まっていた。

追いかけようと思ったが、やはり身体が萎縮《いしゅく》して動かない。

独りよがりになってしまうのは、悪い癖だ。それで女をひとり、不幸にした。これから先、また誰かを不幸にするかもしれない。

それはひとりしかおらず、田辺の顔が脳裏をよぎった瞬間には車を飛びだした。田辺の背中を追う。

キリキリと照りつける白い陽差しに眉をひそめ、全速力で駆け寄った。海に向かって作られたウッドデッキのテラスが見え、カフェに続く短い階段も目に入る。

「ロックをかけてくる」

車の鍵《かぎ》をちらつかせた田辺が踵《きびす》を返して離れていく。その場で足を止めた大輔は、くちびるを引き結んだ。田辺の背中からカフェへと視線を戻すと、懐かしい姿が目に飛びこむ。テラスで接客をしている倫子は、忙しそうに立ち動いていた。

そこへ、小さな子どもを抱いた男が近づいてくる。再婚相手の倉知《くらち》だとすぐにわかった。初めて会ったときは頼りなく気弱に見えた学生も、四年の月日の中で成長したのだ。

泣いている子どもを申し訳なさそうに倫子へ抱き渡して、店の中へ戻っていく。腰の低さは相変わらずだ。

涼しげなショートカットの倫子は、大切そうに子どもを抱きかかえ、海を見せたり、ゆすったりして、あやしている。

よく知っているようで、まったく知らない女がそこにいた。

関東を離れたふたりのこれまでは、誰に聞くまでもなく想像できる。

大輔が心配するまでもなく、しっかりと地に足をつけて暮らしてきた。そして、支え合い、愛を育んでいる。

大輔は後ずさった。気づかれる前に、去るのが一番いいと思う。

カフェに背を向けると、車のそばで待つ田辺が見えた。ドアロックをするために戻り、大輔の邪魔をしないようにと、その場から動かずにいたのだろう。

この四年間、倫子には倉知がいたように、大輔にも田辺がいた。いつもこうして、距離を取り、大輔から視線をはずさずにいてくれた男だ。

大輔の胸に、ずしっと重い後悔が寄り添った。

幸せに暮らしている倫子を確認できたことよりも、自分を待つ田辺の姿に胸を打たれ、どうしてこんなところに付き合わせてしまったのかと悲しくなる。

四年も経ってからつける『ケジメ』なんて、のんびりしすぎて笑える話だろう。なのに、田辺は少しも責めない。

「待って！　待って！　大輔、待って！」

声が背中に飛んできて、目の前の田辺が指先を立てる。背後を指で示され、大輔は肩越しに振り向いた。

子どもをしっかりと抱いた倫子が階段を駆け下り、そのままの勢いで小走りに近づいてくる。

「なんで、帰っちゃうの！」

肩で息をしながら、倫子は満面の笑みを浮かべていた。泣いてむずかる子どもを揺らし、

「お義母《かあ》さんから聞いてたの。今日、来るって。だから、この子も連れてきてたんだよ」

早口にまくし立てられて、大輔は目を丸くした。

新しい旦那と始めたカフェの場所を聞いたのは、ずっと前のことだ。今日のことは誰にも言っていない。知っているのは大輔と、そして。

「あっ！」

叫びながら勢いよく振り向くと、眼鏡をかけたインテリヤクザは素知らぬ顔を背けていた。大輔の母親にリークした張本人だ。

田辺も倫子も、なぜだか大輔の母親と直接に交流を持っている。

「おまえっ……」

怒鳴りつけようとした大輔の腕を、倫子が摑んだ。子どもはまだ泣いている。

「……ねぇ、本当に悪いんだけど、申し訳ないんだけど、この子、預かっていてくれない？　いま、お店がすごくすごく忙しいの！」

「は？」

大輔は呆《ほう》けたが、倫子の勢いは猛烈だ。本当に忙しいのだろう。

「春休みだから、平日なら平気かと思ったけど。全然、ダメなの。抱っこひもを貸すから、ビーチの日陰を散歩してきて。この子、眠たいだけだから。泣き疲れたら、また寝てくれるから」

「いや、いやいや……。いくらなんでも、俺に預けるか」

まだ言葉もわからないような幼児を押しつけられそうになり、大輔はあわてて飛びすさった。四年のあいだにすっかり強くなった倫子が眉を跳ねあげる。

「誰に預けるよりも安心じゃない。刑事さん……」

「子どもなんて、おまえ……」

どう扱えばいいのか、わからない。

「本当に、お願い。本当に！」

よほど焦っているらしく、倫子はずいずいっと迫ってくる。さらに後ずさろうとした大輔の背中が、行き止まる。いつのまにか、田辺がすぐ後ろに立っていた。

「預かりますよ」

そう言うなり、倫子の腕から赤ん坊をひょいと取りあげた。母親じゃない匂いを嫌がってのけぞる背中をものともせず、手慣れた仕草で抱き寄せる。

「……え」

驚いた大輔に微笑みを向け、倫子を店へと促した。

「抱っこひもを貸してください。一緒に取りに行きます」

大輔をその場に残し、テキパキと話を進めてしまう。赤ん坊をふたたび抱き取った倫子は何度も礼を言って歩き出す。

呆然《ぼうぜん》としているあいだに新しいカフェの客がやってきて、クラクションを鳴らされる。あわてて端へ寄り、大輔は我に返った。店に続く階段へ早足で近づくと、大きなトートバッグを持たされた田辺が下りてきた。バッグの口からは、抱っこひもらしき布が見え、田辺が近づくたびに赤ん坊の泣き声も近づいてくる。

「……マジかよ」

泣きじゃくる赤ん坊を抱いた田辺の姿に、大輔は思わずたじろいだ。しかし、本人は平気な顔だ。子どもの泣き声を嫌がるでもなく、扱いに困るでもない。

過去に子どもでもいたのだろうかと、一瞬の疑問が脳裏をよぎったが、大輔が言葉にするより先に田辺が苦笑した。

「どうってことないだろ？　とりあえず、荷物は大輔さんが持って。それとも、この子にする？　……はいはい、しないね。ビーチに下りたら、日陰があるらしい」

言われるままに大きなトートバッグを受け取り、早くも歩き出している田辺の後ろを追う。砂になかば埋もれた階段を使って下りると、岩があちこちに転がる浜へ出た。野性味のある風景だ。

見渡すと左手側に簡素なコンクリート作りの屋根が見えた。柱は蔓草《つるくさ》に巻かれ、屋根に覆いはなく、背後に植えられた木の枝葉が日陰を作っている。

「ミルクが入ってるって、旦那さんが。おむつは確認してもらった」

田辺に言われて、大輔はトートバッグの中を探る。並列で置かれた石のベンチには、ふたりのほかに数組の観光客が距離を空けて座っていた。

「……ミルクって、どれ……」

「哺乳瓶《ほにゅうびん》だよ。ほら、そこ」

指図してくる田辺は、まだ一歳になっていないはずの赤ん坊をあやして揺れ続ける。大輔はさらにトートバッグを探った。明るい色のポーチがいくつも入っていて、どれがなにやら迷うばかりだ。重量と触り心地で確かめていき、隅のほうに立っているのを見つけて取り出す。大輔の手にあるといっそう小さく見える哺乳瓶はまだ温かい。

「これ、熱くないか?」

ようやくベンチに座った田辺へ、あわてて哺乳瓶を差し出す。赤ん坊の泣き声が激しくて、パニック寸前だ。腕にぐいぐい押しつけると、

「まだ、だから」

冷静な声でたしなめられる。

大輔はあたふたと身を引いたが、赤ん坊はそのあいだも泣き通しだ。こんなに泣かせてどう思われているのかと、周囲の目が気にかかり、少しも落ち着くことができない。

しかし、田辺は違っていた。ベンチに腰かけ、のんびりと赤ん坊を胸に抱き直す。泣き声に動じることもなく、大輔の手から哺乳瓶を受け取った。

「ごはん、ごはん。ごはんにしよう」

田辺が甘い声で話しかけ、哺乳瓶をくちびるに近づける。しかし、腕の中の赤ん坊は嫌がった。

「腹が減ってないとか……」

泣き止《や》まないことに困惑した大輔は、トートバッグ越しに田辺の腕の中を覗き込んだ。

ふくふくとした赤ん坊の頬は真っ赤に上気して、小さな目から涙が溢れ流れている。

「どっか、痛いのかも。やっぱり、倫子に任せたほうが……」

心配になって腰を浮かせる。泣き声に不安を煽《あお》られ、歩き出そうとしたところで呼び止められた。

「大輔さん」

顔をしかめて振り向くと、田辺が苦笑いで首を傾げた。

「落ち着いて？　そのソワソワした感じが、いけないんだ」

「そうなの？　マジ……？」

大輔はぴたっと動きを止めた。

「赤ちゃんは泣いて普通なんだから。ここへ来て」

呼び寄せられて、ベンチに戻る。トートバッグを横にずらして、田辺の隣に腰かけた。

田辺は根気強く哺乳瓶を傾け、赤ん坊のくちびるをつついた。嫌がる舌に押された先端に、ミルクが滲んでくると、赤ん坊はむずかりながらも吸い口を受け入れる。

泣き声がおさまり、しゃくり上げながらミルクを飲み始めた。

「よしよし……」

思わず拳を握った大輔は、心底からホッとする。

涙で顔を濡《ぬ》らした赤ん坊は、澄んだ瞳をきらきらさせながら、見慣れない男ふたりを見つめて哺乳瓶に吸いつく。

「すごい飲みっぷり。やっぱり腹が減ってたのかな」

不安が去ると、小さな赤ん坊のかわいさに心を奪われ、大輔はかすかに息を吐きながら田辺の肩に顔を寄せた。そこからの角度が見えやすいのだ。

「ずいぶん泣いたから、やけ飲み半分かもしれない。八ヶ月だって。名前はセイちゃんっていうらしいよ。『晴れる』に漢数字の『一』で晴一《せいいち》」

「セイちゃんか……。かっわいいなぁ」

響き渡る泣き声から解放された安堵感とともに、大輔はホッとしながら赤ん坊を眺めた。まるまると太って、見ているだけで幸せになるふくよかさだ。大好きな母親から離れた腹いせもあるのか、ゴキュゴキュと勢いよくミルクを飲んでいる。

しかし、哺乳瓶の中身を最後まで飲み切ることはなかった。

途中から、うとうととまぶたが下りてきたからだ。何度か、ハッとしたように哺乳瓶へ吸いついたが、最後は力尽きて眠りに落ちる。

「寝た？」

じっと見つめていた大輔が振り向くと、田辺の視線はすぐ近くにあった。赤ん坊よりも大輔を眺めていたのだろう。

「バカ……、近い」

ビーチにも休憩所にも人目がある。自分からすり寄ったことを忘れ、大輔は毅然《きぜん》とした態度で身体を離した。

「だってさぁ、大輔さん」

言いかけて、田辺は肩をすくめた。続きを言わず、片手で哺乳瓶にフタをする。

「替わってもらえる？」

赤ん坊を差し出され、大輔は両肩を引き上げた。

「……無理ッス」

首を振ってのけぞる。友人の子どもを抱かされたことならあるが、うまくできたためしがなかった。いつも笑われ、たいした経験も積めないまま取り上げられてきた。

「大輔さんが抱っこしてよ。抱っこひもに入れるのは手伝ってあげるから。……このままじゃ、俺の腕が死ぬ。けっこう重いから」

「……なんか敷いて寝かせる？」

「それだと、起きるらしい。揺れてるほうがいいらしいから、抱っこひもに入れて、散歩しよう」

「俺が？」

鼻先を指差して、大輔は不安な目を向けた。

「潰しそう……。おまえのほうが慣れてそうだからさ」

「……大輔さん」

田辺にじっと見つめられ、大輔はヒクッと肩を揺らした。

あきらめるしかない。そもそも倫子は、大輔の元嫁だ。その子どもの面倒を田辺が見るのは変な話だ。

大輔があやすのもおかしいが、様子を見たいと言い出した張本人なのだから仕方がない。あきらめて、田辺に言われるまま、抱っこひもを装着する。

「なんだ、これ」

想像したよりもしっかりした作りで腰回りはフィットス感がある。まるで防弾チョッキみたいだ。腰紐《こしひも》のバックルを留めて、子どもの背中を支える部分を前に下ろす。眠っている赤ん坊を渡され、大輔はパニックになりながら胸に抱き寄せた。

「そのまま、そのまま。後ろに倒れないでよ」

赤ん坊の両足を、田辺が手際よく左右に広げ、あっという間に本体を引き上げる。それから、肩紐を整えて背中でまたバックルを留めた。

「あ、あ……。ちょ、起きそ……。あや、あや……ちょっ……」

両手で赤ん坊を抱きしめて、大輔は弱りきった声を細く出す。肩紐を調整していた田辺はおかしげに笑う。

「立って、揺れてあげて。そんなに、しっかり抱きしめないでいいから」

「だって、落ちたらどうするんだよ」

「しっかりした作りだから大丈夫」

「マジかよ、嘘《うそ》だろ」

ぐずぐずと顔を歪めだした晴一を腕に抱き、大輔はそろそろと立ち上がった。

「なぁ、肩紐とか、引っ張って、大丈夫か確認してくれよ。あと、服のボタンが怖い。目とか、入らない？」

「待って、待って」

抱っこひもの強度をひと通り確かめていた田辺は、トートバッグから取り出したタオルを畳み、大輔のポロシャツのフロントボタンが晴一の頬へ当たらないように差し込んだ。

「……大輔さん、揺れ方が変だけど」

「え？　そうなの？」

こわごわ揺れているからだろうか。まわりにいる観光客の女性まで笑いをこらえている。

「親戚《しんせき》の子を預かったんですけど」

田辺がすかさず愛想をふりまく。イケメンが放つ笑顔に、まわりはころりと騙される。

「お尻《しり》をとんとんしてあげるといいですよ」

年配の女性に言われ、大輔はおそるおそる手を動かした。

「もっと下」

クスクス笑われたが、嫌な気分になる余裕もない。

田辺に助けを求めると、すっと背中に寄り添われた。手を摑まれ、晴一の体重がかかって丸い山になった尻の部分へあてがわれる。

「こうやって、ね。とんとん、って……」

耳元でそっとささやかれながら、右手を勝手に動かされた。確かにわかりやすかったが、手取り足取りが過ぎる。いつのまにか、周囲が静かになっている。

しかも嫌な雰囲気ではなく、生温かい優しさだ。

「わかった？」

離れていく間際の甘い声は、大輔に対するダメ押しだった。

「お、おぅ……」

大輔は真っ赤になってうつむき、晴一の小さな身体を揺すりながら叩く。

まわりの目を確認する勇気はなく、晴一の寝顔を眺めるそぶりをしながら、無心に手を動かす。

とんとんっと優しく叩いてあやす仕草と心地のいいリズムを、大輔は知っていた。

もっと静かで、もっと途切れがちで、もっともっと優しい。大輔を胸に抱き寄せているときの、田辺の仕草だ。ソファで座っていたり、ベッドで横たわっていたりするときのふたりを思い出し、大輔は細く息を吐く。胸が疼《うず》くようにときめいて、鼓動が全身に響き渡るようだ。

胸に抱いている小さな命も、格段にいじらしく感じられる。

「ちょっと歩こうか。それで落ち着くから」

トートバッグを肩にかけた田辺は、まわりに会釈をした。

それから、大輔の足元を気づかうように背中へ手を回す。ふたりきりでは恥ずかしく感じられる行為も、赤ん坊の存在があれば平気だ。

休憩所の段差を注意深く下り、浜辺へ出た。日差しは強いが、海風がここちよく吹いている。

「……おまえ、慣れすぎじゃねぇの？」

大輔が不満げに声をかけると、肩をすくめた田辺がひそやかに笑った。

「隠し子はいないよ」

「じゃあ、兄貴分の隠し子とか？」

百戦錬磨の色事師なら、隠し子のひとりやふたり、いてもおかしくはない。しかし、田辺は、なおも笑いながら首を左右に振った。

「ないない」

「本当かよ……」

「それはあの人にとって、失敗だから。そういう『しくじり』をしない人だ」

「若頭の岡崎には、いっぱいいるのに?」

田辺の兄貴分である岩下の、その上にいるのが、大滝組若頭の岡崎だ。よほどの性豪らしく、愛人や庶子の話が次から次へ出てくる。

「だからこそ、だと思うよ。まぁ、子守ぐらいは岩下班の嗜《たしな》みってやつでね……。詳しくは聞かないで」

「いまは勘弁してやる」

ぎりっと睨んだ大輔は、ふと我に返った。

なにを怒るのだろうかと思う。自分はもう、仕事を捨てて田辺を選ぶと決めている。いまさら、ヤクザのやり方に不満を見せても意味がない。それならこれは、恥ずかしいぐらいに単純な嫉妬のひとつだ。

「おまえ、俺の母親に言ったんだろ。今日のこと」

本心を悟られないように、大輔は話を変えた。

「知らせておくほうがスムーズだと思ったんだよ。みんなが、安心する」

海風に髪を揺らした田辺が答える。

「……安心?」

大輔は聞き返した。

「そうだよ」

田辺が立ち位置をずらし、大輔の胸に抱かれた晴一の顔へ影を作る。

「お母さんも、彼女も、みんな……大輔さんの心の整理がつくのを待ってるんだ」

「そんなの、とっくに」

「だとしたら、もっと早くに確認してるはずだろ？　ここへ来て……。あんたはそういう人だから」

言われて、胸が痛む。

薬に溺《おぼ》れた倫子は、男たちと関係を持ち、そして、大輔ではなく倉知を選んだ。

そのことに傷ついたことは確かだが、もっと深く大きな後悔がある。彼女を追い込み、路頭に迷わせた、自分の冷たさだ。肝心なときに手を差し出せず、男には男の、女には女の領分があるとタカをくくってしまった。

そのことは、日増しに激しい自己嫌悪を呼び、苦しくて、悲しくて、たまらなくて……。どうすればよかったのかと、同じことをぐるぐると思い悩み、どうすれば解放されるのかと心細くなる。答えはあるようでいて、存在しなかった。

迷いは続く一方だ。

「さっきのあいつ……、出会ったときの倫子だった。元気で早口で、世話焼きで……。俺がこんなんだからさ。女には家を守って欲しいって思ってるのを知ってて、ちゃんとやってくれてた。ごはんとか、掃除とか……」

海に向かって立つ大輔は、赤ん坊をあやしながら揺れる。話し声を聞く田辺は黙り、抱っこひもの上から晴一の背中を撫でた。

きらめく波頭の眩《まぶ》しさに目を細めて、大輔はひと息吐く。そして話を続けた。

「なのに、俺は、いつのまにか、そういうことぜんぶが重たく感じるようになって……。女は楽でいいよなって思ったし、俺の金で養ってやってると思ってた。……考えてみれば、軟禁状態だよな。好きに出かけられるけど、いつも縛られてる。なんだって俺に伺いを立てて、さ……」

そういうすべてに気がついたのは、離婚してからだ。

倫子がどうして男に狂い、薬に手を出してしまったのか。大輔なりに考えた結果だ。それは刑事としての性《さが》でもあり、だからこそ考えたし、考えなければいけなかった。すべては経験になり、糧になる。

そう考えてやっと、大輔は現実を受け入れることができた。そばにいて、さりげなく現実を打ち消してくれた田辺の存在も大きい。

だから、もしも倫子に倉知がいなかったら、もっと悲惨な結末が待っていたことも想像ができる。こぼれ落ちて壊れる寸前に、倫子は危うく助かった。守ったのは、大輔ではなく、倉知の愛情だ。

「あぁいう女だったんだよ……。俺が結婚を決めたときから、あいつは……あぁいう感じの、さ……」

気が強くて、感情がはっきりとしていて、明るくて。

笑っているときが一番かわいかった。

「……な？」

胸にぺったりと身を寄せて眠っている赤ん坊の顔を覗き込む。ずっしりとした重さが、命を抱いている実感だ。

「かわいいね」

寄り添ってくる田辺の声はやわらかい。出会ったころのトゲはなく、口調も穏やかで落ち着きがある。

田辺も赤ん坊の顔が見たいのだと思い、大輔は背中をよじった。なのに、田辺が覗き込んで指先を伸ばすのは、大輔の頬だ。

まるで、小さな赤ん坊の無垢《むく》な肌へ触れるように、曲げた関節で優しく撫でられた。

「……ね、かわいい」

なにが、と、大輔は心の中で問いかける。

大輔の顔なのか、身勝手な価値観に後悔しているところなのか。それとも、こんなふうに、たったひとりに心が震えてしまうことになのか。

「こんな姿が見られたんだから、一緒に来てよかったよ」

大輔の肩をぽんっと叩き、田辺は離れた。キスをしなかったのは、まわりの目を気にしたからだろう。大輔への気づかいだ。

「あや……」

引き止めようと伸ばした指が宙を掻く。

「うん?」

振り向く田辺は、誰が見ても納得の格好よさだ。どんな女も選び放題なのに、どうしても大輔が好きだと言う。

その一途さがあまりに熱烈だから、いつか情熱が冷め、心の離れてしまう日を想像するとこわくなる。

もしかしたら、あと数年で飽きられてしまうかもしれない。お互いに年を取るし、快感だって慣れてしまう日が来るはずだ。

それまでの関係だとうそぶいても、一緒にいて幸せにできるだろうかと考え、それぞれの『幸せ』の意味が違ったらどうしようかと迷い、前の結婚のような独りよがりになりたくないと萎縮する。

大輔は、なにも言わずに背を向けた。カフェへ戻るふりで、フラフラと歩き出す。

「なにを考えてる?　……よくないことだろ」

背中を追う声に見透かされたが、大輔は黙って歩き続ける。

頭の中では、なおも田辺のことを考えた。そうせずにいられないのは、この旅が特別なものだからだ。

すやすや眠る晴一の愛らしさを見下ろし、意外に赤ん坊の扱いが上手な田辺を思い浮かべた。すると、胸が苦しくなる。

大輔を選んだら、田辺はもう自分の子どもを抱けなくなる。大輔が倫子と結婚したとき、いつかは子どもを持つことが当然だと考えたように、田辺だって、女をひとり選び、我が子を得るつもりでいたかもしれない。

うつむいた大輔は、晴一の小さな丸い尻をとんとん叩き、薄暗い気分で砂を踏む。

大輔は男だから子どもを産めないし、外で作ってこいと言えるほどの心の広さもない。

田辺が自分以外と寝ることを許せる気はしなかった。

仕事だと言われても、誰かとセックスされるのは気分が悪い。怒って拗《す》ねてなじって、それを受け止められて、言い訳をされて怒り散らし、許しを乞《こ》われて、やっとあきらめる。そんなやり取りが簡単に想像できてしまう。まるで男らしくない。想像した大輔自身もあきれるぐらいだ。

しかし、どんなに大人を装ってみたところで、やっぱり我慢ができない。

ほだされて転げ落ちた恋だとしても、こんなに好きになった相手はいなかった。だからいっそ、女々しい態度が嫌だと愛想を尽かされたくなる。

好きになればなるほど、未来はせつなくて、胸が痛い。

あやふやな未来がこわくて、どうにかして約束を作ろうと、仕事をあきらめることばかり考える毎日だ。覚悟はできている。

もし別れることになっても、大輔は元の生活へは戻れない。それも含めて、ひたすらに、田辺との生活が欲しいと思う。

潮騒《しおさい》に耳を傾け、大輔は静かな息を吐き出す。田辺は少し遅れて歩いている。

振り返りたいのに、顔を見るのがこわい。田辺はきっと見透かしてしまう。迷いも戸惑いも読み取って、大輔の知らないところで傷ついていく。

そうなって欲しくないのに、うまく振る舞うことができないのも苦しい。

相手がいて、自分がいて、恋する気持ちや愛する想いは、いつも一方通行だ。すれ違い、混じり合わないこともある。

誰かを好きになることが、こんなに不安定になることだと、大輔はようやく知ったばかりだ。捨てられること以上に、本当の姿や欲望の暴かれていくさまが恐ろしい。

こんな自分は知らないと思う一方で、男だからこうあるべきだと重ねてきた我慢が、田辺の優しさで癒《い》やされる現実がある。

倫子を振り回し、人生をめちゃくちゃにしておきながら、心のどこかでは、『相手がちゃんとしないからだ』と責めていたのも、男である自分の行いには間違いがないと思いたかったからだ。

そして、そんな自分の痩《や》せ我慢や頑張りを理解して欲しかった。女だから、理解できるはずだと信じていたのだ。

すべては身勝手な独りよがりで、横暴でしかない。なにもかも間違っている。

本当に強い男なら、無理を強いたりしないだろう。自分の苦しみも、相手の苦しみも、ひとりの人間が持つものとして、押しつけ合わずに相互理解する。それが男である前に、人間としての度量であり、胆力だ。

足を止めた大輔は、波打ち際に視線を向けた。視界の端に、田辺の姿がちらつく。

柔らかなウェーブの髪が風になびき、押さえた手元がやけに色っぽい。

胸が締めつけられ、見つめるだけで泣きたくなる。

『優しくなければ、男じゃない。優しいだけでも男じゃない』

そんなことを誰かが言っていた。おそらく、酔ったときの西島だろう。しかし、西島が考えたにしてはセンスが良すぎるから、どこかで聞いた言葉の受け売りだ。

一緒に偉くなろうと詰め寄り、夢を語った自分のことを、大輔は漠然と思い出した。

「抱っこひも、代わろうか？　疲れたんじゃない？」

そばに来た田辺が微笑む。優しく甘い笑顔に、大輔は素直な気持ちで見惚《みと》れた。

そして、なによりも大事な事実に気がつく。心が軽くなり、未来に対する不安も、岩に砕ける波のように弾《はじ》けとぶ。

田辺が優しいのは、大輔に対してだけだ。

この笑顔も、口調も、気配りも、ぜんぶ、大輔だけのものだった。

ただ一途に愛してくれる男が、いまさら子どもなんてことを言い出すだろうか。

男同士だということは初めからわかっていたことだ。それでも、田辺は好きになってくれた。ずっと追い求め、歩調を合わせ、根気強く、大輔を理解してくれたのだ。

「いや、いい……。よく寝てるし」

そう言いながら、大輔はじっと田辺を見つめた。伊達《だて》眼鏡の奥の瞳は、いつも通りに甘く、大輔だけを見つめ返す。そして、幸せそうにとろけていく。

「……そんな顔してると、キスするよ」

「おまえ、もう、した後みたいな顔、してんじゃん」

大輔はふっと笑って視線をそらした。

西島のことを考えると、胸に痛みが残る。きっとこれは、永遠に続く後悔だ。

けれど、後悔してでも、田辺を選びたい。

いまはそれ以外のことが考えられないだけだとしても、仕事に対する夢や希望が一時的に失われているだけだとしてもかまわない。いまのこの時期にすべてを賭《か》けて、田辺の愛情に応えたい。

ずっと続いていく確証なんてないからこそ、いつか終わってしまうからこそ、田辺との時間が最優先だ。なにを後悔したとしても、一番苦しいときにそばにいてくれた田辺を選ぶ。そのことだけは後悔したくない。

それが、偽りない望みであることに間違いはなかった。

赤ん坊を胸に眠らせて、大輔はただそっと、自分の人生を省みた。


やがて倫子から声がかかり、カフェへ呼び戻された。

ちょうど目が覚めた晴一を返すと、お礼にと勧められてテラス席へ着いた。倉知が作ったシーフードピラフとスープをごちそうになる。

ランチを求める客は少しずつ減り、ドリンクやスイーツを食べてゆっくりと過ごす客が増えていく時間だ。

食事を終えたあとで、大輔は改めて倫子と話すことにした。一番海に近いテラス席にふたりで座る。

「あの人、子どもをあやすのが上手ね」

また子守を買って出た田辺は、晴一を機嫌よく遊ばせている。

「隠し子はいないらしいよ」

大輔は軽い口調で答えた。

「そんなイジワル言って……」

肩をすぼめた倫子は、わざとらしくがっくりとうなだれてみせる。

ふっくらとした頬は、出会った頃よりも丸い。でもそれが幸せの証《あか》しのようで、大輔はいっそう安心した。

最後に会ったとき、倫子は痩せ細っていた。薬物を断つための治療中だったからだ。

「太ったでしょ？」

倫子が笑いながら肩を揺すると、巻いた短い髪が弾む。

「そうかな。幸せそうでいいよ」

「なるほど……。これはお義母さんも安心するわけだわ」

うなずきを繰り返した倫子がニヤニヤ笑う。テーブル越しに伸ばした手で、大輔の腕を突いた。

「あの人のこと、すごくいい人だって言ってたよ。恋人同士だって気づいているみたいだったけど、言葉にはしたくないのかもね」

「しなけりゃ、ないのと同じだからな」

そうやって見ないふりをしてくれるだけ、大輔の母親は寛容だ。

「別れてまで俺の親の相手をさせて、悪いな。……どうも、ありがとう」

「だから、そういうことされると……。『誰？』って気分になるよ。大輔らしくない。けど……、四年だもんね。お互いに変わるよね」

「俺、変わった？」

手元のストローを摘《つ》まんで、くるくる回しながら聞く。ちらりと視線を向けると、倫子は朗らかな笑顔で答えた。

「うん。変わった。すごくいいと思う」

「前は嫌なヤツだっただろ」

「……どうして？　そんなことないよ。……そうじゃなかったら、結婚しなかった。あのとき、誰でもいいから結婚したいって思ってたのは私のほうだけど、本当に誰でもよかったわけじゃないから。相手は選んだつもりだよ。なのに、結局、自分勝手な理想を押しつけて、うまく伝えられなくて、あんなことになって……。迷惑をかけたのは、私だよ」

倫子の目が充血して、じわじわと涙が滲み出す。

「あ、ダメだ……。ごめんね、って言いたかっただけ。泣いたりしたら、卑怯《ひきょう》だね。……薬はね、もう全然してないから。気持ちが落ち込むこともあったし、旦那に八つ当たりもいっぱいしたけど、子どもが生まれたらなんだか、すっきりして……。まぁ、それも旦那がたくさん助けてくれてるんだけど。……これ、ノロケだからね」

「……聞くよ、いくらでも」

大輔が真面目な顔でうなずくと、涙を指先で拭った倫子は首を傾げた。

「どうして？　そういうことで償おうとしないで。……冷たく聞こえたら、ごめんね。でも、男だからって、自分の感情を抑えなくていいんじゃないの？　うちの旦那なんて、ホント、泣き虫でさ。小さい頃から変わらないの。そこがね、かわいい」

ほっこりした微笑みを見せられ、大輔はまぶたをパチパチさせた。完全な惚気だ。しかも、さっきよりエスカレートしている。

「それは、よくわからないけど……」

幸せカップルにかける言葉は見つからなかったが、なにかにつけて『かわいい』を連発する男なら知っていた。きっと同じだと納得がいく。

大輔はため息をつき、炭酸ジュースを飲んで喉を潤した。

「俺も、あいつには弱いところを見せてるから……。たぶん、これからは、大丈夫」

口にした瞬間、自分が惚気ているとわかって恥ずかしくなる。全身が火照《ほて》り、嫌な汗がワキに滲む。あわててグラスを引き寄せ、中身を一気に吸い込んだ。

わざとらしく眉根をしかめて、倫子を見る。

「それはそうとして……。一応、聞いておくけど。……横浜の頃の知り合いから連絡があったりしないよな？」

照れ隠しもあって、声が低くなる。聞かれた倫子は不意を突かれた顔で、きょとんとしたあと、深くうなずいた。

「ありがとう。そこまで心配してくれて。大丈夫だよ。あの男とも、ちゃんと終わってる。……仕事で来たの？」

倫子も声をひそめた。心配そうに顔を覗き込まれ、大輔はかぶりを振る。

いまさら、倫子から得られる情報はないだろう。倫子とその愛人の身辺は、事件当時もしっかりと調べた。

倫子と関係を持っていた男は、沢渡組が囲い込んだ使い捨ての駒《こま》だ。たいした役割も担っていなかった。

「いや、違う」

頭の中が仕事モードへ切り替わりそうになり、大輔は意識的にスイッチを切る。なにをしていても仕事のことと結びつけてしまうのは、悪い癖だ。

「……おまえが幸せになってるのを見たかったんだ。……あと、あいつと旅行を……まぁ、そういうこと」

恥ずかしくなって言葉を濁し、大輔は大きく息を吸い込んだ。

切ったはずの仕事のスイッチはゆるくつきっぱなしで、倫子の顔色や表情を注意深く見てしまう。

子どもを産んで環境が変わり、育児ノイローゼから薬物を欲していないか。その兆候はないか。四年が過ぎたからこそ、再発の危険性を注視する。

いつまで経っても仕事バカは治らないと自分をあざけりながら、警察手帳を念頭に置くのは今回限りだと感慨深く思った。

倫子が精神的に安定していて、事件の兆しもないのなら、心置きなく辞表を書ける。

「そろそろ、行く」

会話を終わらせて、大輔はグラスを置いた。

「今日はどこに泊まるの？」

倫子に問われて、大輔は首を傾げた。宿を予約したのは田辺だ。

「唐津だって言ってたかな。割烹《かっぽう》旅館」

宿の名前を言うと、倫子は目を輝かせた。

「あ、知ってるかも。そこ。料理がすっごいおいしいって。楽しんでね。……また、来てよ。よかったら」

「どうかな」

ふらりと寄ることがあるかもしれないし、ないかもしれない。いまさら交わす約束には意味がないだろう。

大輔が立ち上がろうとすると、倫子がテーブルに手を伸ばした。

「大輔、大輔」

仕草はふざけていたが、声は真剣だった。座ったまま、中腰の大輔を見上げる。

「来てくれて、本当にありがとう。これで私の中でも終わりにできる。……お義母さんとは、連絡取るけど」

「なんでだよ」

大輔が笑うと、倫子も笑った。

「子育ての相談がしやすいの。もう友達みたいだから」

「まぁ、いいんじゃない」

そこはもう、倫子と母親の問題だ。ふたりの気が済むようにすればいい。

「ありがと。……大輔、あのね……。本当に、ごめんなさい」

膝に手を置いた倫子が深く頭を下げた。

「大輔を傷つけてごめんなさい。女だからって、弱さを理由にしてね、男の人を傷つけてもいいわけじゃないって、いま、すごく反省してる」

「赤ん坊が男だからか……」

「それもある。私みたいな女に捕まったら、本当にかわいそう」

泣き笑いの表情で倫子は肩をすくめる。腰を伸ばした大輔は青く澄んだ海を眺めた。

キラキラと輝く波頭はひとときも止まらずに動いている。

大輔は短く息を吐いて答えた。

「そう言うなよ。……俺だって、おまえがいいと思って、あのときは選んだわけだから。いろいろお互いさまだろ。俺こそ、苦労させて悪かった。本当に」

振り向いて、謝る。離婚が成立したときには言えなかった言葉だ。

「これ以上は、交代で謝るだけになるね」

「かもな」

大輔が席を離れると、倫子も続く。

会話が終わったことに気づいた田辺が、晴一を抱いて近づいてくる。倫子が引き取った晴一の頬を、大輔は最後に一度だけ撫でた。

＊＊＊

カフェを出ると、倫子との会話を終えた瞬間の清々《すがすが》しさが消え、大輔の表情はにわかに曇った。

唐津へ向かって車を走らせる田辺は、チラリと盗み見て口をつぐむ。

今日は朝から機嫌の波が大きい。晴一を抱っこひもに入れて歩いていたときも様子がおかしかったが、食事をしているときは普通だった。

心ここにあらずの大輔を見ていると、胸にモヤモヤしたものが立ち現れて不安になる。なにを考えているのかと問い質したくて仕方がなかったが、決定的に機嫌を損ねるのも本意ではない。カーステレオのボリュームを上げて会話を避け、機嫌が直るのを待つ。

しかし、大輔が陽気に話しだすことはなかった。

国道を走る車は唐津に近づいたが、観光にも興味を示さない。田辺はなにかひとつでもと迷った。

このまま旅館へ入ってしまうのは味気ない。道路標識に唐津城の文字を見つけ、さりげなく誘うと、大輔は意外なほど素直に乗ってきた。

ふたりで登城して、天守閣から景色を眺める。

大輔の様子はいつもよりも少しテンションが低いぐらいで、険悪な雰囲気ではない。会話もあったが、ふいに途切れて沈黙が続く。

大輔はずっと考えごとをしていた。おそらくは、会ったばかりの前妻のことだろう。幸せに過ごす姿を見て、いったいなにを思ったのか。その心中がわからず、田辺はやきもきするばかりだ。

小さな赤ん坊のかわいさに、女との結婚を意識したのではないかと怪しみ、胸にどす黒い感情が湧《わ》き起こる。

田辺に結婚願望はなかったが、大輔は世間体のために結婚できてしまう男だ。子どもを養うことも当然の義務だと思ってきたはずだ。

いまも変わらない価値観だろうかと考えてしまい、田辺は自分の妄想を打ち消した。意識的に大輔から離れて立ち、うかつに責めてしまわないようにする。

こんなに好きになってしまったのは自分の都合だ。

大輔は巻き込まれ、なにもかもを失った。奪ったのは田辺だ。

その気になれば、大輔が傷つかないように先回りして、倫子を救ってやることもできた。けれど、彼女の行動に手出しはしなかった。

自分の仕事や立場は言い訳に過ぎない。

彼女が男に騙され、麻薬に溺れていくのを黙って見ていたのは、決定的な幻滅を大輔に与えたかったからだ。夫婦仲に入った亀裂が、すっぱりとふたりを隔て、二度と修復できないまで壊れてしまうのを待っていた。

そうすれば、大輔の心には隙間ができて、男同士のいびつな関係で縛っておける。生ぬるく求め続けて、大輔が誰に好意を持っても潰していく覚悟だった。

きれいな愛情じゃない。いまさら言わなくていいことは山ほどあるし、恋人同士になったからこそ、言えないことも限りない。

田辺はひっそりと、大輔の凜々《りり》しい横顔を眺めた。

男らしい眉に、引き締まった頬。出会ったときよりも太い首筋と筋肉のついた胸板。均整の取れたスタイルは、どこから見ても男だ。

だから、晴一を抱っこしている姿も、倫子と話しているときの横顔も、田辺の心を掻き乱した。いつか、この男が自分の手をすり抜けて逃げ、ごく当たり前のように待ち構える女に捕まってしまうのかと考えると、たまらない気持ちになる。悲しくて、苦しくて、腹立たしかった。

なにを差し出しても、ふたりのあいだに永遠は約束されない。

当たり前のことだ。人間同士の愛情は、そういうふうにできている。男同士だということは問題ではなかった。

なにげなく振り向いた大輔が、田辺の視線に気づく。にやりと笑って大股《おおまた》に近づいてくる。いますぐに引き寄せてキスのひとつでもしてやりたかったが、天守閣には、ほかにも観光客がいた。

怒られることは目に見えているのでできない。

「やらしい目で見るなよ。……さっきから、女の子がおまえばっか見てる」

大輔がツンケンして言う。田辺はくちびるの端を歪めた。

「へー。女の子の視線なんて、よく気づいたね」

「なんだよ、それ」

むっとしたようにくちびるを尖《とが》らせた大輔が、顔を背けて歩き出す。田辺は、その背中を目で追った。

彼女たちが見ているのは、大輔だ。半袖からさらけ出した大輔の腕には、鍛えた筋がすっと伸びている。

女でさえ、そういうところに目が行くと、大輔は知らない。

相変わらず硬派で、女心がまるでわかっていない男だ。一生、そのままでいて欲しいと思いながら、田辺はのんびりとした足取りで背中を追う。

ベッドの上で、腕を摑んで振り向かせる瞬間を思い出す。背中の筋肉がしなり、腹筋が艶《なま》めかしく脈を打つ。

慣れ親しんだ行為なのに、身体を重ねるごとに、大輔は恥ずかしさを覚えているようだった。おそらく、声が出てしまうからだろう。

いままでとは違う甘い喘《あえ》ぎは、女が溢れさせる声とは別物だ。しかし、挿《い》れる側の声でもない。やはり挿れられる側、受け入れる側の声だ。

激しく弾む息にまぎれる、心地よさそうでいてせつなげな響き。訴えかけようとしているのは、苦痛なのか、快感なのか、ときどき判断がつかなくなる生々しさだ。

先を歩く大輔の背中には機嫌の悪さが浮き出ていて、田辺も声をかけずに遠慮する。

楽しい旅行とはほど遠いよそよそしさのまま、車に戻り、宿へ入った。

部屋に案内されると、案内の仲居と田辺をほったらかしにして、大輔はさっさと大浴場へ行ってしまう。

田辺はあきれながら見送った。あとを追う気にならないのは、大輔のささいな仕草に欲情しているからだ。もしも耐えきれずに触れてしまったら、今夜の行為はいっさいないかもしれない。

かつてなら強引に迫れたが、いまはもうダメだ。嫌いと言われただけでも落ち込む自分の姿が見えてしまう。

前妻と会うことのナーバスさはわかっていたのだから、ここは余裕を持って見守るしかない。それを見越して、誘われた旅だ。ただそばにいることが、大輔の望みなら、今回はそれでいい。

仲居が丁寧な挨拶をして部屋を出ていき、気もそぞろに対応していた田辺は灰皿を持って縁側へ出た。煙草に火をつける。

嫉妬している自覚を、もう一度、再確認する。あの小さな赤ん坊にも、倫子にも。彼女を幸せにした倉知にも嫉妬していた。

大輔の心を乱す人間はすべて気に食わない。

「狭いなぁ」

ぼんやりとつぶやいて、煙を吐き出す。狭いのは、己の心だ。

きっと、猫の額ほどの余裕もない。

ため息に重なって部屋の電話が鳴り出し、煙草を揉み消してから応対に出る。

宿のフロント係からで、来客だと知らされた。呼び出されたのは田辺だ。

戸締まりをしてロビーへ行くと、別れたばかりの倫子が立っていた。軽い会釈をされて外へ出る。

「俺に用があるのか」

発した声は思うより冷たく響いた。しかし、大輔の前でなければ、胸に湧き起こる負の感情を隠す必要のない相手だ。遠慮することはなにもなかった。

彼女が大輔に対してしたことは最低だ。田辺は許していない。

宿から離れた路地の陰で、倫子が足を止めた。

「……呼び出したりして、ごめんなさい。この旅館で友人が働いているから、大輔がいないあいだにと思って」

「子どもは？」

斜に構えて、倫子を見下ろす。昔の女が訳知り顔で、男同士の恋に説教でもしてくるのかと思うと、胃の奥が煮えたぎる。

大輔の不機嫌が倫子たちに起因していると思えば、いっそう腹立たしい。

「今日はカフェを早く閉めたんです。これを、渡したくて」

そう言って差し出されたのは、手のひらに収まるぐらいに小さな棒状のものだ。ＵＳＢ

メモリだとすぐにわかった。

「この前、押し入れに入れたままにしてた荷物にまぎれているのを見つけたんです。捨てようと思ってたけど、もしかしたら、大輔の……彼の、役に立つかもしれないと思って」

呼び捨てにする瞬間、田辺の頬が歪んだことに気がついたのだろう。倫子は怯《おび》えたように視線を揺らし、なおもUSBメモリを突き出した。

田辺は受け取らず、胸の前で腕を組む。

「自分で渡せばいいんじゃないのか」

「私からだって言わないでください。あなたから、それとなく渡せませんか？　これ、私が付き合っていた男が持っていたものです。たぶん、私の荷物に入れて、隠していたんだと思います」

「中身は……」

真剣なまなざしで倫子を見据えた。真偽も危ういが、背後にまだチンピラのような男との関係があるなら大問題だ。

もしかしたらと田辺は勘繰ったが、睨むように見つめ返してくる倫子の瞳にやましさはなかった。元々、やさぐれたことのない育ちの女だ。もう二度と、悪い男や場所には近づかないだろう。

「薬の売買記録だと思います。やり取りのメールとリスト」

倫子の言葉に、田辺は唖然《あぜん》として目を見開いた。

「そんなもの、どこで手に入れたんだ」

「だから……、荷物に紛れていたんです。本当に。……本当です」

倫子は泣き出しそうな顔で一歩近づいてくる。田辺に押しつけようとする態度には、汚らわしいモノを少しでも早く手放したいと思う焦りが透けていた。

彼女にとって、薬物に依存した過去は消し去りたい汚点に違いない。それを直《じか》に大輔へ渡さない理由に気づき、田辺は受け取るまいと身を引いた。

「あの人の『いい思い出』でいたいと思ってるのか？　もう欲しいものはあらかた手に入れただろう。欲深いと、つまずくぞ」

冷たい声で言い放つ。すると、

「そんなんじゃありません」

倫子の眉が不本意そうに吊り上がった。

「私だって、あなたには言いたいことがたくさんあります。ふたりがいつからとか知らないけど、でも……」

「自分の男だったのに？」

「違います！　……大輔のこと、遊びじゃないですよね？」

詰め寄られた田辺は、両手で倫子の肩を押し返した。

「あんたに説明する気はないし、認めてもらおうとも思わない。そんなことを言いにきたのか」

やはり説教をされるのかと思うと、うんざりして、憎悪に似た苛立ちが募ってくる。倫子の手からUSBメモリをもぎ取るように奪い、チノパンのポケットに入れた。

安堵する様子もなく、倫子は顔を歪めた。遠慮のない侮蔑《ぶべつ》の表情だ。

「はっきり言って、あなたのことが嫌いです。だって……大輔を変えたから。なんで、あなたみたいな人といて、大輔があんなふうに落ち着いてるのか……、わからない。晴一だってうまくあやすし……」

「それは『慣れ』だ」

「腹が立つんです！」

倫子は素直に叫んだ。ショートヘアの毛先を揺らし、ふんっと鼻で息をして、両手の拳を握りしめた。

「大輔は、すごく一途だから。私にだって、いまだに責任感を感じてるぐらい、真面目だから」

「……そんな相手をよく裏切れたな。……倉知がいたからか。女ってのは勝手だな。で、なにが言いたいんだ。こんな不毛な会話を続けても仕方がないだろう」

「もう、いいです」

田辺に会話を遮られ、倫子はそっぽを向いた。視線が地面へと沈んでいく。

一部始終を冷めた目で眺める田辺は、彼女の中に大輔への未練がないことを、ひとつひとつ確かめていた。大輔の母親と連絡を取ると、倫子の名前はさらりと出てくる。もしかしたら、大輔の母親は復縁を望んでいるのではないかと疑ったこともあった。

すべては田辺の妄想だ。大輔の母と倫子は年の離れた友人関係にあり、ふたりはそれぞれ遠いところから大輔を心配している。それだけのことだ。

「あんたに心配されなくたって、俺はこれからも、あの人の気持ちに応えていく。余計なお世話だから放っておいてくれ」

あんたみたいに傷つけたりしないと言いかけて、言葉を飲んだ。ここへ来て倫子を苛《いじ》めてもみっともないだけだろう。大輔の中に美しい思い出が残っているのだとしても、それを嫉妬に任せて踏み散らすことはできない。

愛情があるから、なおさらに、過去の思い出も後悔も含めて、これからの大輔を支えていく覚悟だ。

倫子は黙り、言葉を探すように視線をさまよわせた。そして、ふと顔を上げる。

意外にも助けを求めるような目をして、口を開いた。

「大輔のお母さんについては、私のほうでうまくやりますから。ふたりのことを反対したりしないように……。孫が欲しかったとか、言わせないように」

「……あの人への、償いのつもりなのか」

眉をひそめて、相手の真意を探る。

倫子は激しくかぶりを振った。髪が音を立てて弾む。

「そうじゃないです。だって、本当にお義母さんのことは好きだから。償いなんて、そんな……、考えたこともない。……できるわけ、ないもの」

消え入りそうな声で言って、倫子は拳を握った。くちびるをきゅっと噛《か》んでうつむき、ふるふると髪を揺らしてあごを上げる。

「さっきは子どもの面倒を見てもらって、ありがとうございました。忙しくてパニックで、大輔ならだいじょうぶだって……預けてしまったけど。よくなかったと思ってる……。大輔は気に病んでると思うから。余計なお世話だってわかってるけど、それだけ……、それだけは言いたくて」

拳をぎゅっと握り直し、倫子は胸を張るように背筋を伸ばした。言葉にならない想いの強さに、田辺はなおも彼女が憎らしくなる。

「大輔の性格から考えたら、いつかケジメをつけに来るって思ってました。でも、一緒に来るとは思わなかった。……大輔が本当にあなたのことを好きなら、子どものこと、気にしてる……」

「あぁ、欲しがってるってこと?」

田辺は意地の悪い気分で答えた。大輔は普通の男だ。自分の遺伝子を継いだ子どもが欲しいに決まっている。そんなことは、いちいち言われるまでもない。

そう思ったが、倫子は顔を真っ赤にして反論した。

「違います！　違うったら！」

片足で土を踏み、目を大きく見開く。

「あなたが欲しがるんじゃないかって、思うんでしょ！　そういう男なの！　知らないんですかッ！」

嚙みつくように怒鳴られて、田辺は真顔になった。次の瞬間、倫子に対する怒りが消え、誰よりも大事に思っている大輔の顔が脳裏に浮かんだ。

「考えたこともなかったな」

倫子の勢いに押され、つぶやくように答えた。

「子どもを抱いてるのが、あんまりにも……」

かわいくて、と言いかけて、口ごもる。田辺の『かわいい』は複雑で、誤解を生むから口にしたくない。

女子どもに思うような、弱いものに対する憐憫《れんびん》じゃなく、強がる大輔がいじらしく思えるからこその『かわいい』だ。

守ってやらなければならないほど弱いとは思っていない。だけど、安らぎを分かち合いたくて。なによりも愛し合っていたくて、かわいいと繰り返して、優しくしたくなる。

「大輔さんのことは、俺に任せてくれたらいい」

倫子に向かって、はっきりと口にした。

眼鏡のずれを指先で直し、前髪をかきあげる。

「俺はなにがあっても、あの人のものだ。守るし、支えるし、大切にする。……あんたがしたような傷つけ方は絶対にしない」

「……本当に、お願いします。……すみませんでした」

両目に涙を浮かべ、倫子は勢いよく身体を二つ折りにして頭を下げた。雫《しずく》がほろほろと地面へ落ちる。

「あなたの大切な人を、傷つけて、ごめんなさい」

震える声が耳に届いたとき、田辺の心は凪《な》いだ。

黒い感情のいっさいが掻き消えて、倫子とのいざこざは、もうすっかり過去のことだと腑《ふ》に落ちた。

「……もう終わったことだ。大輔さんは心の整理をつけたんだから、俺もこれ以上は、あんたのことを恨んだりしない」

言い残して、田辺はその場を離れた。振り向かずに宿へ戻る。

口では恨んだりしないと言ったものの、許すつもりは毛頭ない。縁切りの言葉として使ったただけだ。

それでも、倫子の複雑な気持ちはわからないでもなかった。大輔のことを心配しているのも、自分の罪について後悔しているのも事実だろう。どちらも恋愛と呼べる愛情じゃない。でも、切り捨てていくこともできない感情だ。

彼女の場合は、大輔を忘れず、後悔を持ち続けることが、薬物依存には戻らないための枷《かせ》になっている。一種のお守りであり、抑止力のある記憶に違いない。大輔だからこそ、そうなれる。

頑固で意固地で、古い固定観念を捨て切れない男だが、そこにある頼りがいは力強い。

宿泊している部屋へ戻ると、大輔は縁側で煙草を吸っていた。風呂《ふろ》上がりなのに浴衣《ゆかた》ではなく、着てきたポロシャツとズボンを身につけている。

物音に気づいて振り向いた瞳が濡れているように見えて、飛び上がりそうに驚いた。泣いていたのかと口に出しそうになって、大輔をフォローしてくれと頼んできた倫子の言葉を思い出す。田辺がくちびるを閉ざすと、大輔の頬がかすかに引きつって見えた。

「……帰ったんじゃねぇのか」

そんなことを言われ、胸の奥が沁《し》みるように痛む。

「どうして？　理由がないだろ」

笑って答えながら、ポケットのＵＳＢメモリを自分のカバンへ入れる。大輔へ渡すのなら、しっかり中身を精査してからだ。

その代わりに、小さな包みをポケットへ入れた。

「追いかけて帰るつもりで服を着たの？」

「別に……」

そっけない返事の中にも寂しさが見え、田辺はたまらずにそばへ寄る。背中から腕を回して抱きしめた。男の骨格の確かさを腕に力強く感じ取る。

胸の奥が熱くなった。このままずっと抱きしめていたい気分だ。

でも、時間には限りがある。夕暮れの時刻が迫っていた。

「散歩に行こうか。日が落ちる前に、虹の松原へ行こう」

田辺の言葉にホッと息を吐いた大輔が、こくりとうなずいた。

＊＊＊

旅館から浜まで歩いていく。

田辺がなにも話さないので、大輔の気持ちはまた沈んでいく。

機嫌を取って欲しいと思っている自分に気づくたび、胸の奥が締めつけられる。

田辺はきっと、望み通りにしてくれる。頭ではわかっていたが、言葉にするのは難しい。

あきれて帰ってしまったのではないかと、さっきは本当に心配した。探しに行こうと洋服を着たのに動けず、途方にくれて煙草を吸っていたのだ。

そういう弱気と腰の重さは、自分でも情けない。愛情が大きくなるほどに足枷が増えて、引き留めたいと願うほどに方法がわからなくなってしまう。

松林を抜けて浜へ出ると、黒々とした松の群生が弧を描いているのが見えた。海には島々が横たわっている。

波音が静かに響く中、夕映えが空へ広がっていた。

「どうして機嫌が悪いの」

田辺の声が硬く聞こえ、大輔は眉を引き絞りながらうつむいた。

「大輔さん……」

ふと声が甘くなり、身をかがめた田辺に顔を覗き込まれる。

「せっかくの旅行なのに、そうやって、ずっとふてくされてるつもり？　……それでも、いいよ」

優しい言葉だ。大輔は、おずおずと視線を向けた。田辺の手が、大輔のあごのラインをそっと撫でる。

「ひとりにして、ごめん」

先に風呂へ逃げたのは大輔だ。それなのに、田辺が謝ってくれる。

あご先に男の指の温かさを感じながら、大輔は答えた。

「おまえが怒っても仕方がないと思ってる。嫌な態度を取ったのは、俺だから」

「……天守閣でのこと？」

大輔が素早くうなずくと、田辺の頬がゆるんだ。

「そんなことで置いて帰ったりしない」

おかしそうに笑い、形のいい眉と眉のあいだを狭くする。

「……少し、風に当たりたかっただけだよ。ひとりでゆっくり温泉に浸《つ》かりたいんだろうと、思ったし。……本当に、置いて帰ったと思ったの？」

「一瞬、だけ」

大輔の答えに、田辺が息を詰まらせた。抱き寄せようと伸びてきた手が、寸前のところで引っ込んでいく。

「そんなわけ、ないだろ」

口調がわずかに荒くなり、表情もきりりと引き締まっていく。

「あんたを相手に、そんなことできないから」

拳を握りしめた両肩が震えるのを、大輔はぼんやりとした気持ちで眺めた。田辺の優しさは愛情から出てくるものだ。それがいつしか小悪党の田辺を包み、大輔にとってだけ優しくてたのもしい男になった。

裏社会の濁りを感じさせないのも、努力の賜物だろうかと考え、大輔は胸の苦しさに息を吐く。

自分が警察を辞めて寄り添い続ければ、田辺は優しいままの姿を続ける。その先で、良心だけの男になってくれたらと願っているのだ。いつかどこかで、岩下の支配から抜け出せる日も来るはずだと信じたかった。

その話を、この旅のあいだにしなければならない。

砂浜を足で踏みしめ、大輔は視線を揺らして口を開いた。

「わかってる。だから、煙草でも吸って、待ってようと思って」

追いかけようとしたが怖くなった、とは、やはり言えない。

「大輔さん。なにをイライラしてるのか、話してくれない？　理解したいんだ。俺に隠し子がいるって疑ってる？　いないって言ったよね」

「信じてる。そうじゃなくて……」

言葉が胸に引っかかって苦しくなる。大輔はくちびるを噛んで、顔を背けた。それから、一度は自分の中で解決したことを口にしたくなった。信じていても、言葉で確認したいことはある。

「俺と一緒にいたら、おまえは子どもが持てない。もしも……」

「そこまでにしようか」

田辺の人差し指と中指が、大輔のくちびるを押さえた。

「俺の心の中を勝手に想像して、勝手にさびしくならないでよ。俺だって、同じことを考えた。でも、俺は、ふたりで育てられたらいいなと思ったよ」

「どこかで産ませてくる、とか……？」

「そんなこと、考えたのか」

田辺の声が次第に小さくなってかすれる。

夕暮れが近づいて日が陰り、海風は冷たく感じられた。

「触っていい？」

大輔が嫌がらないのを確認しながら、田辺の両手が頬に触れる。手のひらは、温泉に浸かりたての肌のように熱かった。人の体温を感じ、大輔は目を伏せる。

「あんたがイヤなら、そんなことはしない」

田辺の甘い声に、潮騒が混じる。寄せては返す、波の音だ。

「勝手に作ってきたりもしないよ。俺は自分の遺伝子が好きじゃない。親兄弟みたいなのを家族に持ちたくない。だから、子どもが欲しいと思ったこともないんだ。……大輔さんの子どもなら、育ててみたいな。セックスしなくても、生んでくれる人はいるし、子どもをもらって育てることもできる。……そうしたいなら」

「おまえが、欲しいなら、だよ……」

大輔は息を吸い込んで、話を遮った。田辺は、大輔が子どもを欲しがっていると思っている。それは誤解だ。

「じゃあ、いまはいらない。まだ、ふたりでいたいから」

田辺の瞳が、まっすぐに大輔を見つめる。まだ鬱屈《うっくつ》が残っていないかと、心配されているのがわかり、くすぐったいような気持ちになって視線をそらす。

田辺の指が、大輔の頬骨を撫でた。

「俺は心が狭いんだよ、大輔さん。本当は、あんたに優しくする人間はみんな嫌いだ。あの女も、あんたの母親も、西島も、定食屋の店員にだって嫉妬してる」

生姜《しょうが》焼き定食の肉をおまけしてくれる、おばあちゃんだ。

大輔は思わず笑ってしまった。田辺に嫉妬なんて似合わない。しかも、そんな年寄りや家族や、同僚にまで敵意を向けているなんて、笑うしかないだろう。

肩を揺らしながら身をよじると、大輔の頬を両手で包んだまま離さない田辺が不満げな表情を浮かべた。

「本気だから。俺が一番、あんたを愛してる。それを知っていてくれないと困るんだ」

「なんでだよ」

顔をくしゃくしゃにして笑うと、田辺は少し黙った。せつなそうに目を細め、大輔の目元に触れてくる。笑うと下がる目尻のあたりだ。

そっと撫でる仕草の優しさに、大輔は戸惑った。

胸の奥が早鐘を打ち、息が乱れそうになる。

「あんたが、みんなのことを、同じように大切にしてるからだ」

田辺の視線が逃げていきそうに見え、大輔はとっさに手首を掴んだ。

「じゃあ、俺は、おまえだけのものになる」

いきなりの宣言に、眼鏡の向こうのまつげがせわしなく動いた。瞳は大輔をまっすぐに見る。

大輔は、やっと話の糸口を掴んだ気分で意気込む。

「おまえだけのものになる覚悟は決めた。倫子に会いにいく前から、決めてたんだ。仕事は辞める」

突然の宣言に驚いた田辺の片手が、頬からするりと剝がれ落ちる。

それをきっかけに、大輔も田辺の手首を離した。

自分のズボンのポケットを探り、小さなケースを取り出す。

向かい合うふたりのあいだへ潮風が吹き抜け、黒松の林が音を立ててざわめいた。

夕暮れが静かに満ちて、夜が呼び込まれる。そんな時間の狭間《はざま》で、大輔は田辺だけを見つめた。

「結婚、しよう」

声はみっともなく震えて、何度も想像した男らしさは出せなかった。

それでも大輔は、胸を張って、箱のフタを開けて見せる。田辺はかすかに唸《うな》った。ふらっと手を伸ばし、大輔の腕に触れ、ずるずるとその場にしゃがみ込んでしまう。

「この、タイミングで……っ。止める暇もなかった。カッコよすぎるんだよ、大輔さん」

柔らかな髪が残像を残して波を打ち、大輔はあごを引いて目で追う。

「それって、ノーってこと？」

たじろいで後ずさった大輔の肘を、すくりと立ち上がった田辺が掴んだ。引き止められる。

「待って。俺にも言わせて」

そう言いながら、チノパンのポケットを探り、小さな包みから指輪を取り出した。シンプルな銀色のリングだ。

「用意してたんだよ。この旅行中に、プロポーズしようと思って」

「……マジで」

足元からぞわぞわと震えが走り、目頭が熱くなる。同じ気持ちでいたことが嬉《うれ》しくて、大輔の膝はいまにも笑い出しそうだ。

必死にこらえると、田辺が首を傾げた。

「でもね、大輔さん」

手にしたリングを握り込んで隠す。

「仕事を辞めるってのは、取り消して欲しい。俺が大滝組を抜ける。でも、完全に足を洗うのは無理だ。繋がりは残るから、いままで通り、あんたがいいように使って欲しい」

「……どういう、ことだ」

突然の話に、今度は大輔が驚く。田辺は薄く笑いながら答えた。

「岩下とのあいだで、話はついてる。今度の定例会の後で、通知が回るから。まぁ、俺は準構成員の扱いだし、おおげさなものじゃないけど。本当は、通知が出るまで秘密にしてろって言われたんだけど。あんたはすぐにでも仕事を辞めそうだから」

「……条件はなんだった。相手が出した条件だ。まさか、指とか内臓とか」

あわてすぎて、指輪のケースを落としそうになる。

田辺の手が、フタをぱたんと閉めた。

「金だよ。いままでの悪い金をぜんぶ渡して、俺は表向き、カタギの仕事に就く。大滝組長の息子がいるだろう？　その下に入る。だから、あんたには刑事でいてもらったほうが……」

「はぁ？」

思わず、素《す》っ頓狂《とんきょう》な声が出た。そんなところと繋がっているなんて初耳だ。

怒る気にもなれず、大輔は天を仰ぎ見た。夕暮れが遠のき、夜が訪れ始めている。暗くなってきたが、相手の顔は見えた。

「嘘だろ、おい。本当に、あの『大滝悠護』か？　あそこは俺たちでも手を出せないブラックボックスで……」

「言えないだろ？　こんなこと」

小粋な仕草で肩をすくめ、田辺は、大輔の左手を恭しく手のひらに載せた。

薬指にシンプルなリングを押し込み、サイズがぴったりだと嬉しそうに笑う。

「ちょっと、待て。驚きすぎて、嬉しいとか考えられない」

「そう？　俺にもつけて」

左手を差し出され、ぼんやりしながらケースを開けた。大輔が用意したのは小ぶりのダイヤがぐるりと敷き詰められたパヴェのエターナルリングだ。メンズ用に、太めのデザインのモノを選んだ。少し派手なほうが、キザな田辺にはよく似合う。

サイズは寝ている隙を見計らって、こっそり調べた。

「給料三ヶ月分？」

田辺はふざけて笑ったが、大輔は真面目な顔でうなずく。その通りだ。自分でもイヤになるほど、セオリー通りに動いてしまう。

「ありがとう」

田辺は素直に喜んだ。頬がふっとほころび、見たことのない、甘くとろけるようなはににかみの表情で見つめられる。

「……キスしてもいい？」

腰を抱き寄せられ、大輔はかすかにうなずいて目を閉じた。まわりに人はいない。夕暮れはもう夜の色を帯びて、あたりは夕闇に沈んでいる。

でも、誰に見られてもかまわなかった。強い衝動が、大輔の身体を震わせる。

息があがりそうになった瞬間、くちびるが重なり、下くちびるをそっと吸われた。それだけで田辺はすぐに離れてしまう。

「食事が済んだら、エッチしよう」

耳元へささやかれ、大輔は恥ずかしいほどあからさまに息を吸い込んだ。そのまま吐くのを忘れてしまう。

「ダメ？」

田辺がひそやかに笑い、大輔はゆるゆると息を吐く。

「ダメって、おまえ……」

「今夜が初夜だろ？」

「プロポーズしただけだろ。まだ結婚したわけじゃ……ない」

あわてて逃げたが、腕を摑んで引き戻される。今度はしっかりと抱きしめられた。

「じゃあ、婚前交渉。結婚を前提に、身体の相性を確かめたい」

「ああああ。……普通に誘ってくれよ」

腰にじんじん響いて、もう抜き差しならなくなりそうだ。

「その前に、大輔さん。仕事のこと、わかってるよね？」

「……いや、それはさ、俺ばっかり都合がいいっていうか」

「なにも気にすることはないよ」

声がスッと低くなる。でも、すぐに笑いが混じった。

「……ヤクザはやめても、岩下からは離れられない」

「わかってる」

あの男なら、縁を切った瞬間に、たたみかけてくるだろう。金だけで済むはずもない。身の安全を考えるなら、ある程度の利害関係は残しておくべきだ。

そして、大輔が刑事でいることが田辺の盾になる。田辺がヤクザであれば敵対関係だが、カタギになるなら味方だ。おそらく、この方法が、田辺がグレーゾーンのカタギでいることが、ふたりにとって一番いい。

そう考えたからこそ、田辺は足抜けの道を探したのだ。簡単でないことは、大輔にもよくわかっている。

「仕事、イヤになった？」

旅館に戻りながら、田辺が言う。夕闇の中で、手は繋いだままだ。

「ここんとこ、おまえのことしか頭になくて」

「やばい、腰に来た……」

「うっせぇよ」

照れ隠しに膝で蹴《け》りつけ、肩をぶつける。

「西島さんには、もう言っちゃってるんだよな。いまさら……」

「あぁ、それね」

と、田辺が軽い口調で言う。

「俺は、その本人から、引き止めるように頼まれた。俺だけがあんたを『男』にできるって、食い下がられてさ」

「……マジか。ケツ掘られまくってるんだけど」

「大輔さん」

じっとりと見つめられ、肩をすくめて反省する。

「ごめん。だってさ、もういっぱいいっぱいだ。……でも、さっきさ、倫子に会ってみてさ……。ごく普通にクスリのこととか聞いてて。頭の中、仕事モードに入りかけてた」

身に染みこんだ習性のようなものだ。

辞める気になったぐらいで、なくなるものでもない。

「彼女は他の売人とは繋がってないはずだけど？」

「うん。それは間違いない。嘘をついているようにも見えなかったし、腕にも注射痕《こん》はなかった」

リストカットの形跡もなく、ごく自然に腕まくりをして働いていた。メンタルも落ち着いているし、倉知がいれば心配ないだろう。

「癖なんだろうな。事件の影響が生活に出てないか、自然に確認しちゃうんだよ」

「大輔さん。あんたが仕事を辞めても平気だと思うのは、もう身体に染みこんでるからだ。『マル暴』っていうよりは、『警察官』の正義感に近いのかも。確かにね、辞めても後悔しないかもしれないけど、結局、警備会社に再就職するぐらいなら、いまのまま働いているほうがいいよ。西島さんも、大輔さんのことはずいぶん、買ってるわけだし。ね。言うこと聞いてよ」

楽しげに笑った田辺は上機嫌だ。大輔もつられ、意味もないのに楽しくなってくる。

「あ、でもな。そうなると、籍とか入れるのは難しくなる……」

大輔が立ち止まって言うと、数歩進んだ田辺が驚いたように振り向いた。がっくりと肩を落とす。

「とりあえず、そのガチガチな固定観念を捨てることから始めようか？　いまどき、事実婚なんて珍しくもないからさ。ヤクザの幹部がチンピラと結婚する時代だよ」

「あ、うん……。そっか……。わかった」

確かに、田辺の言う通りだ。男はこうあるべきという固定観念が抜けず、給料三ヶ月分のエンゲージリングを用意しないと、プロポーズひとつできない。

「大輔さん。手始めは今夜、騎乗位でリードして……」

「は、ぁ？」

声が裏返り、大輔はふるふると首を左右に振った。

「な、に、言って……っ」

「あんたのやらしい腰つきで責められたい」

ふっと耳元に息を吹きかけられ、大輔は腰砕けになった。道の端へ寄り、電柱にすがりつきながら、へなへなと沈んでいく。

「やめろ、マジで……。俺はまず夕食を食べるからな。絶対に食べるからな」

顔が真っ赤になっているのが自分でもわかる。それぐらいに身体が熱い。

「してくれないんだぁー……」

さびしそうに言われて、ビクッとした。

「するけど！」

思わず叫び返し、大輔はヒッと息を詰まらせる。田辺のさびしそうな声に弱いのは、惚れた弱みだ。田辺の腰にまたがる騎乗位だって、求められたらやってしまう。

よろよろと立ち上がった大輔は、せめてもの負け惜しみに田辺の腕をつねった。

「大輔さん。出発のときから静かだったのって、もしかして、コレのため？」

急に動きを止めた田辺は、左の手指を揃《そろ》えて見せてくる。

パヴェのリングが、薄闇の中でテレビの光を弾く。流れているのは、有料の洋画チャンネルだ。派手なアクションシーンの効果音に大輔の息づかいが重なった。

「……いま、聞く……か？」

大輔は喘ぎながら身をよじる。

田辺の右手の中指は、もう大輔の後ろの穴にずっくりと差し込まれている。バスタオルを敷いた布団の上で仰向けに寝転がり、ローションを塗り込められている最中だ。

「っん……ぁ」

指に内壁をえぐられ、腰がヒクヒクと波を打つ。

「てっきり、彼女に会うからだと思ってた」

「なん、で……、あいつと、会うぐらいで……」

無事でいることも、うまくやっていることも、母親から聞かされて知っていた。歓迎されないとは考えたが、そのときは早々に退散するだけだ。

＊＊＊

「……ちょっ、ゆび……待って……」

手を伸ばし、田辺の手首を握って止める。薄闇で目をこらすと、田辺は弱く悲しげな笑みを浮かべていた。スッとうつむく。

困惑した大輔は、息を吐き出した。

「俺が、あいつに未練を残してるって、思ってたのか」

「思ってないよ。ただ、大輔さんの正義感は、みんなに優しいから。ね、刑事さん」

押さえている手首の先がくいくいと動き、

「ばっ、か……」

喘ぎそうになる大輔は、足をばたつかせた。布団を蹴る。

「仕事も手につかないぐらい、おまえのことしか考えてないのに……。いまさら、なにが、女だ」

上半身を起こして、田辺の首筋に片手を巻きつける。

「おまえも、俺のことだけ考えろよ」

顔を近づけ、くちびるの端をペロリと舐《な》めた。すぐにキスが始まり、背中に腕が回る。

指がまた中をいじり、大輔は息を詰めて身体を引く。

たっぷり運び込まれたローションが、指の抜き差しに合わせてグチュグチュと水音を立てる。

「音がすごいね、いやらしい。大輔さんが濡れてるみたいだ」

「あっ……は……ッ。んな、わけ……ないッ……ぁ」

覆いかぶさるように押し倒され、布団の上へ戻される。背中に回っていた片手が、大輔の首筋に移動して、ゆっくりと肌をなぞった。伝い降りていく。

自分の贈った指輪が肌に当たり、大輔は眉根を引き絞ってくちびるを噛んだ。欲情が募って、股間《こかん》が奮い立つ。

「あ、ぅ……ッ」

大輔は数日前から、今日のことを考えて緊張していた。

指輪を渡す方法や、プロポーズのシナュエーションに思いを巡らせ、前のときとは比べずに田辺のことだけを考えた。これを、ふたりの思い出にしたかったからだ。

いつか終わるとしても、自分だけはずっと覚えている。大事な思い出だ。

「……あやっ」

大輔が声をあげる。指輪が触れたあとを田辺のくちびるが追いかけ、肌をかすめていく。

淡い快感に大輔の肌が震えると、田辺はときどき、きゅっと吸い上げた。

艶めかしく、肉の感触を確かめられる。

そのきわどさに、大輔は身をよじらせた。腰が疼いてたまらず、はぁはぁと乱れた息を繰り返す。

「気持ちよさそう」

甘いささやきが乳首をかすめ、片方をキュッとやわらかく摘まれた。もう片方には強く吸いつかれ、その強弱に翻弄される。

「はぁっ……ん。あぁ、あ、あっ……」

内側からこすり立てられて反り返った股間に、田辺の腹筋がかすめていく。わざと押し当てられ、互いの身体に挟まれる。

「んっ……やっ……ぁ」

「……どこが、いや？」

乳首を舌先で濡らしている田辺が、視線を上げる。大輔はすぐに顔を背けた。

徹底的に優しいくせに、容赦のない三点責めだ。その上、いやらしい目で見られたら、胸騒ぎどころじゃ済まなくなる。

どこもかしこも気持ちがよくて頭がパンクしそうになり、大輔は鼻をすするような息を繰り返した。

「嫌がってるようには見えないな」

眼鏡をはずした田辺の声は嬉しそうだ。

「ここは、ぐちょぐちょだし、こっちは先走りが垂れてるし。……ここもいやらしく尖ってる」

後ろを掻き回され、股間をこすり立てられ、乳首をいじられる。それぞれを愛撫《あいぶ》されても声が出るぐらい気持ちいいのに、みっつを同時にされて息が詰まった。

「ひっ……ぁ」

甘い声が思わずこぼれてしまい、大輔は羞恥《しゅうち》に悶《もだ》えた。声を聞かせるのは恥ずかしい。身体を重ねるほどに、そう思う。

「今日は、乳首が気持ちのいい日？　こうすると、指をギュッて……後ろが締まる」

「あっ、く……っ」

キュッと吸われた乳首が、上下の歯で挟まれる。ゆっくりと引き上げられ、大輔は吊り上げられるように背中をそらした。

「あぁ……やぅ……あぁ、あっ」

何度もされると、頭がぼうっと痺《しび》れてきて、声がひっきりなしにこぼれていく。

「やだ……っ。それっ……」

田辺の髪を両手で鷲摑《わしづか》みにしたが、強くは引けない。嫌がっているつもりなのに、喘ぎは甘くかすれて、自分でも喜んでいるように聞こえてしまう。

恥ずかしくてたまらず、逃げ出したくなる。しかし、それは心だけだ。

「くっ……んんっ……」

くちびるを噛んで声をこらえると、今度は低い鼻息が漏れ、大輔の興奮をリアルに滲ませて響く。身体で得る快感が深くなり、たまらずにのけぞり、あごをそらした。

なにをどうしたって、気持ちよくていやらしいに決まっている。

ふたりがしていることはセックスだ。それも、回数を重ねた恋人同士の情交だ。

裸で寄り添って抱き合っているだけでも、大輔の身体は熱く燃えていく。

「あぁっ、あぁっ……ち、くびっ……」

田辺の髪から指をはずし、胸を開くように顔のそばに腕を投げ出す。手探りで枕の端を摑んで、いっそう背中をそらした。

後ろから指が抜けて、両方の乳首を同時に摘まれる。

「小さいね、大輔さんの乳首」

強弱をつけてこねられ、爪《つめ》の先で押し込まれ、ピンと弾かれる。そのたびに大輔は身悶えた。肩を開き、腰を揺らし、背をそらして、声をこらえる。

気持ちよくて息が乱れ、頭の芯《しん》まで痺れ出した。

「ん、はっ……ぁ、ん、ん……」

快感に浸り切った大輔は、和室の布団の上で目を閉じる。すんっと鼻を鳴らした瞬間、乳首をぎゅっと強くひねられた。ピリッとした痛みに、思わず腰が浮く。

「い、った……っ」

思わず声をあげたくちびるをキスで塞《ふさ》がれる。のしかかってきた田辺は、興奮のままに舌先を伸ばし、大輔の口の中をかき混ぜた。

「んー、んっ、んんっ……っ！」

大輔は必死に身をよじった。大きく開いた足のあいだに身を置いた田辺に動きを封じられ、乳首が乱暴にこね回される。

ぴりっとした痛みが走っては、じわりと遠のき、また痛む。

痛いのは好きじゃない。なのに、強弱つけていじられているうちに、胸の奥はせつなく爛《ただ》れていく。淫靡《いんび》な気分だ。

「ん、んんっ……」

「こんなふうに触られたこと、ないだろ？　ここ……」

くちびるをわずかに離した田辺が眉をひそめた。至近距離で見つめ合うあいだも、乳首はいじられ通しだ。痛みを感じるほどの刺激が尾を引いて、じんじんとせつなく疼く。

「あっ、あ……あぁ……っ」

声を震わせると、大輔の心を読んだかのように、今度は優しく指の腹で撫で回された。じわじわと情感が募る。いやらしさが積み重なり、またぎゅっと指に挟まれ、大輔は翻弄されるままに髪を振り乱した。

「いっ、たいの、やめ……っ」

「……そうだね。でも、ときどきは気持ちいいんじゃないの？　奥まで突き上げられるのも、ね」

　田辺の手が大輔の腹筋の中心を撫で下ろす。勃起《ぼっき》している股間の先端に当たって止まり、へそ下をぐっと押さえられる。

「俺の上に乗って、ここまで入れてみようか」

「……むりっ」

　大輔の声が喉に詰まってひっくり返る。

「前にしたとき、泣いちゃったから？　今夜も見たい。大輔さんの泣き顔……」

　頰にそっとキスをされ、性的な視線で顔を覗き込まれる。興奮を隠し、紳士ぶっているのが余計にいやらしい。

「挿れるのはしてあげる……」

　そう言って身を起こした田辺が、自分のものを摑んだ。枕元に置いたコンドームを手早く装着して、ローションを足してから先端をあてがう。

「はっ……ぁ」

　ぐっと体重をかけられ、大輔は浅く息を吐く。次の瞬間、ずくりと先端がめり込んだ。

「んっ……」

「ダメだよ、大輔さん。力を入れたら、押し出される。息を吐いて」

　田辺に言われ、大輔は片腕で自分の顔を隠した。

閉じきらないくちびるで浅く息を繰り返すと、太くて硬い棒状の昂《たか》ぶりが押し込まれる。先端がぐっと押し当たり、ほぐされた場所がほどけていく。

「あっ。はぁっ……ぁ……」

「いつもより太いかも……、どう？」

優しく問いかけられても、答えようがない。大輔は乱れた息を繰り返して喘ぐばかりだ。

「大輔さん……。黙ってないで」

腕を引き剝がされ、見つめられる。甘い目元を見ただけで、腰がぎゅっとよじれた。

「あっ」

と、艶めかしく呻《うめ》いたのは田辺だ。

「……いやらしい締め方。入れただけて、中が絡みついてくる。……大歓迎、って感じ」

目元を歪めながら、わざわざ言葉で説明される。大輔の肌は羞恥に震えた。

イヤだからではなく、それすら気持ちがいいからだ。肌の内側がぞわぞわとよじれ、甘だるい快感に押し流される。

「んっ、んっ……」

「俺のこれ、好き？」

「しら、な、……ぃ」

違うとは言えないのがつらいところだ。出し入れされたら、身体の芯からとろけてしまうことは知っている。早く欲しいとさえ思う。

大輔は黙ったまま、自分の股間へ手を伸ばした。触れる前に、田辺の手に阻まれる。

「それはあとで……」

そう言ったかと思うと、田辺の両手が、大輔の腰の後ろへ回った。あぐらをかいた膝の上に尻を引き上げられ、今度は背中を抱かれる。かけ声とともに抱き起こされた。

対面座位のポジションになるのだと思ってしがみついた大輔をそのままに、田辺は後ろへと倒れて込んだ。

繋がったまま、足元に寄せた布団の上に転がってしまう。

「今夜は、大輔さんのリードだろ？」

ふっと微笑んだ田辺は、いたずらっぽく目を輝かせる。少年のように見えないのは、性的な期待に溢れすぎているからだ。

「身体を起こして」

「無理……、やだ……」

騎乗位は、ふたりの行為の基本姿勢に入っていない体位だ。少なくとも、大輔はそう思っている。したことはあるが、酔ってノリのよくなったときだけだ。

「下から突かれるのは、好きじゃない……」

そう言ってしがみつこうとしたが、田辺は容赦がなかった。

「慣れてないだけだ」

腕をほどかれ、肩を押し上げられる。

「やだって……。このままのほうが、いい、だろ……っ。くっついていられるし」

かわいげを見せて逃げようとしたが、ちゅっとキスをしてきた田辺は、ふたりの間で左手の指をひらめかせた。

「だぁめ……。いつもと違う大輔さんが見たい。……記念に」

リングの周囲を埋めているパヴェダイヤがキラキラと輝く。

「してよ。俺のために」

「……見ないなら」

そろそろと身体を起こして、腰を立てる。

「見るに決まってる……」

布団を背もたれにした田辺の声がかすれた。

「腰、あんまり上げてると、抜けるから」

両手が大輔の腰を摑む。ぐっと下ろされ、あわてて抵抗した。

その腰の動きで、田辺が「んっ」と息を呑《の》む。

「いつもと角度が違うと、気持ちいい」

眉根を寄せた凛々しい顔で、そんなことを言う。

「俺は……苦しい……」

　と大輔は答えた。座り込むと深く刺さってくるし、身体を前へ傾けようすると、田辺に押し返される。迷う動きもまた刺激になり、浅い場所がこすられて、息が乱れた。

「んっ……はっ……。だめ、だ……」

「苦しい？　手を貸して」

　差し伸べられた両手に大輔が摑まる。ゆっくり腰をおろすと、横たわった田辺は揺するように腰を振り始めた。

「あっ、あっ……」

「腰、動かしてみて」

　頼まれても無理だ。大輔は汗で湿った髪を振って拒んだ。

「酒……飲んでないから、無理……っ」

「日本酒を飲んだだろ？」

「あんなの、飲んだうちに入らないっ」

「酔った勢いなんて、さびしいんだよ……っ」

　下から弾みをつけて突かれる。大輔の足が勢いで滑った。

　膝立ちでわずかに浮いていた腰がぺったりと沈み、硬い肉の棒に貫かれる。

「あ、ぁ……っ！」

いきなりの衝撃に息が詰まり、田辺の手を振り払って腰に腕を伸ばす。体勢を戻せず、大輔はぶるぶるっと小さく震えて声を発した。

「奥……っ」

下腹部が震え、田辺を飲み込んだ後ろの部分が、ゆるやかに脈を打つ。

「……大輔、さん……っ」

田辺のくちびるが浅くたどたどしい息を継ぐ。内壁に絞られているのだろう。快感をこらえる田辺の姿を目の当たりにして、大輔はまばたきを繰り返した。

田辺の腰はしっとりと汗ばみ、指は幾度となく大輔の太ももをなぞっている。

「気持ちいいのか……」

注意深く腰を立てながら大輔が尋ねると、田辺は薄く笑みを浮かべた。

「気持ちいいよ。奥のほうが、ぎこちなくてエロい」

あけすけに言われ、大輔は歯の細い隙間から息を吸い込んだ。身体の奥を貫く田辺は、また少し容量が増えたように思える。

「大輔さん、動ける?」

「……いけ、る」

息を切らしながら答え、大輔は細い息を繰り返した。太い先端で奥をこじ開けられ、身体が慣れない感覚に怯えている。いますぐに抜いてしまいたいが、そのために動くだけでも内壁が刺激される。

快感の糸口であることは、知っていた。だからこそ、貪《むさぼ》ってもいいものか、悩んでしまう。受け身で抱かれるのには慣れたが、上に乗って主導権を握るのはまだ恥ずかしい。

どんなふうに動けばいいのかは知っていても、それは女の仕草だ。

「……何回も好きになるよ」

ふいに田辺が言った。大輔の膝頭をそっと摑んで撫で始める。

「誰にも見せてない大輔さんを知るたび、俺は、この人が好きだ、って思ってる……」

「こんなときに……言うな」

腰の上に乗っているだけでも、自重で身体が沈み、中に収まった田辺に奥を探られる。

「あとでも言うよ……。でも、いまも言いたい。……ずっと一緒にいたいんだ。大輔さん。だから、これ……。嬉しいよ」

左手を自分の口元に引き寄せ、田辺は気障《きざ》な仕草でキスをした。

まるで自分の身体にされたような錯覚に陥った大輔は、震える背筋をそらした。

身体の中の田辺を締めながら、伸び上がってのけぞる。

「んっ……はぁっ……」

耐えきれず、自分から腰を動かし始める。恥ずかしさはあったが、それよりも、田辺の求めに応えたかった。

自分の愛する男に快感を与えて、浅い息づかいの中でよがらせたい。

「んっ、んっ……」

大輔は息を弾ませた。田辺の腰骨に指を添え、自分の尻を前後に揺らす。

「……ぎこちないのも、エロい……あぁ……」

感嘆と快感の入り交じった田辺の声に、大輔の身体もまた悦を得る。胸がぎゅっと締めつけられ、うつむいたまま無心で腰を振り続けた。

乱れていく田辺の息が熱っぽく響き、感じさせているのは自分だと大輔は思う。

顔を盗み見ると、大輔の腰づかいに身を任せた田辺は、どこか恥ずかしそうにはにかんでいた。快感を貪る顔つきは凜々しく、歪んだ目元には野性的な雰囲気が現れる。

長い指先が、汗で濡れた髪をかきあげたとき、ぶるっと震えたのは大輔だった。

寝そべる田辺の色気にやられて、腰の動きが止まらなくなる。

「ぁ、ふっ……」

震える息を吐き、大輔はくちびるを噛んだ。もっと大きく動きたかったが、うまくできずにもどかしい。

「イキそう？」

甘い声に聞かれて、大輔はこくこくとうなずく。

すると、田辺の指が大輔の内太ももを撫で上げ、首をもたげたシンボルに触れた。先端

から透明な雫も溢れさせたそれを摑まれると、途端に腰が使えなくなる。ただでさえ、ぎこちなく揺れていただけなのに、いまはもう繫がっているのがやっとだ。

田辺の腰の上に座り込み、大輔ははぁはぁと息を乱した。

「ん、んっ……」

股間は半分萎《な》えているのに、田辺を受け入れた後ろの部分は敏感で、せつなさが募る。

「大輔さん。俺も、もう……イキたい。こっちに来て」

田辺に腕を引かれ、上半身を傾けた。胸に抱き留められて腰が浮く。

「あっ……ッ！」

その姿勢で突き上げられ、田辺の肩を避けて布団へ両手をついた大輔は両目を伏せた。先走りを溢れさせた半萎えの下半身が、田辺の肌にしごかれる。裏筋が腹筋にこすれて、揺すり上げるような一突きごとに、熱を帯びて奮い立つ。

「あっ。あっ。……あぅ……っ」

手を伸ばして摑みたかったが、突き上げのリズムが激しくなってきて、ままならない。

「んっ、んぁっ……ぁ、あっ……あ」

「……大輔さん……っ」

田辺の両手で腰を摑まれ、引き寄せられるのと同時に貫かれる。リズミカルなピストンの動きに、大輔は息を乱した。

ときどき腰がよじれ、ビクッと身体が跳ねる。甘い声が漏れたが、いまはもう恥ずかしいと思う余裕もない。抜き差しするたびに響く水音さえ聞き逃し、大輔はひたすら快感を追う。

苦しいぐらいに太い田辺の突起が、ずぶずぶと奥まで差し込まれ、引き抜かれ、そしてまた、絡みつく肉を掻き分けるように突き刺さる。

「すごく、上手だった」

片手で髪を撫でられ、耳元へささやかれる。

田辺の息も乱れ、ささやき声は途切れがちだ。

「俺のために、腰を振ってるの、かわいくて……」

「あっ、あっ……あっ……」

抜き差しのピッチが速まり、大輔は目の前の肌にすがる。

田辺はまださささやいている。その声が耳から流れ込み、大輔の脳を掻き回す。ぐちゅぐちゅに濡れた愛情に揺さぶられながら、好きだと、ただ、そう思った。

惚れた相手に求められ、無心になってしがみついている、この瞬間が幸福だ。気持ちよくしてやろうとか、気持ちよくなりたいとか、欲望さえも甘くとろけて、ただ相手が愛《いと》しくてたまらなくなる。

汗で濡れた田辺の首筋にくちびるを押し当て、肩に歯を立てる。なにも考えられなくなり、ひたすらに快感を求めて喘ぐ。

「い、くっ……。いくっ……」

田辺に突き上げられているのか、自分で股間をこすりつけているのか。もうどちらとも言えなかった。ふたりのリズムを合わせて、互いが腰を使い、絶頂のふちへと駆けあがっていく。

「あやっ……もう、出る……出るっ」

田辺の腹筋に腰をこすりつけながら大輔は達した。白濁した液体を惜しみなく田辺の腹の上に放つ。その瞬間、腰を強く引き寄せられ、

「俺、も……ッ」

田辺が声を詰まらせる。最後のスパートで昂ぶりを打ち込まれ、大輔は震えながら目の前の肩にしがみついた。

射精の快感が終わっていないうちに後ろを刺激され、声にならない熱に襲われていく。

「……あ、ぁ……っ」

太ももが震え、腰がびくっと引きつった。

「あ、あっ……くっ」

大輔の内壁が痙攣《けいれん》を起こし、田辺がのけぞるように息を吸い込む。

「しぼ、ったら……っ」

痛みをこらえる田辺の息も震え、抱き寄せられながらくちびるを貪られた。

「んっ、んっ……」

激しいキスで舌が絡み、大輔はまた痙攣を繰り返す。全身が跳ねて、小さな悲鳴が喉から溢れる。思わず田辺の舌を噛みそうになり、首を振って逃れた。

その拍子に、ふたりを繋ぐ楔《くさび》がずるりとはずれる。

「……大輔さんっ」

逃すまいと伸びた田辺の腕に抱かれ、腰と首筋が引き寄せられる。田辺は大輔の耳たぶを揉みながらキスを求め、ぐるりと反転する。

大輔の片足を開かせて身体を置き、覆いかぶさった。

「んっ……、あ、やっ……」

「逃げないで……。ダメ」

唾液が溢れてしまうほどに激しいキスで貪られ、大輔も田辺の背中にしがみついた。何度も角度を変えてくちびるを合わせる田辺の手が、大輔の髪をかきあげる。

「……はっ、ぁ……」

喘いだ大輔は、舌先をめいっぱい伸ばす。田辺に差し出して与えると、先端から吸われ、ぬめった小さな肉が絡まった。

「んっ……ふ……」

喘ぐように繰り返す互いの息づかいが溶け合い、大輔の放った体液のことなど忘れて四肢を絡め合う。

「大輔さん……大輔さん……っ」

どれだけ長く付き合っても呼び捨てにしようとしない男は、それを愛情の証しにしている。だから、呼びかけに応える大輔も、胸を重ねてくる男を自分だけの名前で呼ぶ。

「あや……っ」

二回目の呼びかけが吸い上げられ、田辺の手が、ふたりのあいだに忍び込んだ。

「……キスで勃《た》った？」

「あっ……はぁっ……」

指でしごかれ、半勃ちのものが脈を打つ。

「舐めてあげるから。声、出して」

自分のものについているコンドームを手早くはずしてバスタオルの上に投げ、田辺は躊《ちゅう》躇《ちょ》もなく身をかがめる。

「あぁっ……」

じゅるっといやらしく音を立てて吸われ、出したばかりのものを唾液《だえき》で溶かすように清められる。

それだけで大輔はたまらなくなった。自分から足を大きく開き、すべてを目の前の男に晒す。

「もっと、舌で……」

自分で昂ぶりを支え、裏筋を見せてねだる。

田辺は自分のくちびるをペロリと舐めて、大輔に微笑んだ。顔が整っているだけに、その卑猥《ひわい》さが際立つ。

「そんなにねだって……かわいいね」

伸びた舌先は、艶めかしくゆっくりと、大輔をなぞった。

＊＊＊

西島から指定された店は、裏路地にある小さなスナックだ。

古びた扉を開くと、醤油《しょうゆ》の焦げたおいしそうな匂いと煙草の匂いが入り混じって押し寄せてくる。薄暗いフロアは一目で見渡すことができた。

店のスタッフから「いらっしゃいませ」と声がかかり、角のボックス席に座っている西島が大輔に気づく。

「俺のツレだから。とりあえずのビールと、つまみを持ってきて」

常連らしい口調で言い、くだけた態度で大輔を手招く。

旅行のために取っていた有給休暇明りの今日、西島は朝から逃げ回っていた。

コンビを組んで行動しなければならないのに、なかなか見つからず、最後は別の刑事に頼んで連絡をつけてもらった。そのおかげで、ほとんど仕事にならない一日だった。

「話ってなんだ」

届いたビールとつまみを前に、西島は煙草を取り出した。落ち着きなく火をつけ、気忙《きぜわ》しい煙を吐く。

「旅行の土産《みやげ》。焼酎を買ってきたんですけど」

「は？」

張り詰めた緊張感のまま、西島が振り向く。その勢いを無視した大輔はビールのグラスを見つめ続けた。

「今日も酔っ払うだろうと思ったんで、署のほうに置いてます。明日、持って帰ってくださいよ」

「お、おぅ……」

「それから、『倉知倫子』に会ってきました」

大輔はわざと勤務中の口調で切り出した。

「向こうへ行ってからの生活は落ち着いているようで、依存症の再発は見られませんでした。こちらにも戻っていないので、関係者とは縁が切れていると思います」

「大輔、おまえ……」

西島がもの言いたげにつぶやいたが、反応せずに続ける。

「その代わり、変わったものを所持していました」

「なんだ？」

「履歴とリストです」

大輔は声をひそめて遠回しな言い方をしたが、西島は即座に理解する。

「沢渡か」

ビールでくちびるを潤し、灰皿で煙草を揉み消してから、ずいっと身を乗り出してきた。

沢渡組における薬物売買の履歴と購入者のリストは、田辺から渡されたＵＳＢに入っていたものだ。唐津に泊まった日、大輔が風呂に入っているあいだに倫子が持ってきたという話で、中身の信憑性《しんぴょうせい》は高いと助言されている。

「名前はイニシャルになってます」

「そんなもの、どうして持ってたんだ。預かってたのか」

西島の問いかけは冷静だ。大輔はくちびるの端をわずかに歪めて答えた。

「引っ越しの荷物に紛れていたらしいです。愛人が隠していたことに、気づいてなかったかも……」

「マジか。現物は？　……いや、それよりも、おまえ。なにをしに行ってたんだ」

あきれたような目を向けられ、大輔の肩から力が抜ける。仕事モードが適当になり、表情もゆるんだ。

「現物は、田辺《あいつ》のマンションです。……元嫁の様子を見に行ったんですよ、俺は。でも気がついたら、やつれてないかとか、注射痕はないかとか、そんなところばっかりに目が行って。挙げ句の果てに、依存が再発してないか、聞いてました」

「職業病だな」

西島がビールグラスをあおる。大輔も、キリッと冷えたビールで喉を潤した。

「結局、そうなんだと、思いました」

半分も残っていないビールのグラスを両手に持ち、腕を膝へ下ろす。

「……西島さん、あいつに、いろいろ言ったんでしょう」

うつむきながら問いかける。責める気はなく、真実を知りたいだけだ。西島はどっしりと座ったまま、新しい煙草に火をつけた。

「そりゃ、言うだろう。おまえはまわりが見えないし。まぁ、俺が見てやるのが当然だと思ってたんだけどな。ずっと……。でも、あんまり、うまくなかったよなぁ」

西島は首の裏をさすっていた。苦々しく顔を歪め、重いため息をつく。

「あの男が『岩下の舎弟』だってことを、もっと考えておくべきだった」

「……俺とあいつのこと、やっぱり認められないんですか」

グラスを両手に持ったまま、大輔は視線を伏せる。

「認めると言えば、辞表は出さないってことか？」

「それは、忘れてもらいたいんですよね。ちょっと、血迷ってたっていうか……」

手にしたグラスをテーブルへ戻し、ゆっくり息を吸い込んでから頭を下げた。

「すみませんでした。もう一回、チャンスをください」

「……考えが変わったんだな」

「でも、あいつとのことは、なかったことにできません。……足抜けさせます」

西島と田辺が交わした会話の詳しい内容を大輔は知らない。田辺から聞いたのは、大輔を刑事でいさせてくれと言って、西島が頭を下げたことだけだ。

「もうすぐ、書類が回ると思います。その後は、グレーゾーンの人間ってことに」

「半グレじゃなきゃいい」

西島は冗談めかして笑い、

「……詐欺グループにも参加しないってことか？」

真顔に戻って聞いてくる。大輔はうなずいて返した。

じゃあ、どうするんだと、突っ込んだ問いはない。だから、大輔も口にしなかった。

もし聞かれても、『大滝悠護』の下に入るなんてことは答えられない話だ。

「西島さん。……偉くなるあてがあるんですか？」

なにげなさを装って、大輔は話を変える。西島に裏がありそうだと言ったのは田辺だ。火をつけたばかりの煙草を揉み消し、西島は新しい煙草を取り出す。火をつけずにもてあそび、質問が聞こえていないかのように黙る。

もし、そんなものがあったとしても、西島は言わないだろう。大輔が田辺の今後を話さないことと同じだ。

信用しているからこそ、大事なカードは胸に秘めておくほうがいい。

「偉くなるってのはな。肩書きじゃねぇよな、大輔」

もてあそんでいた煙草に火をつけて、煙をゆったりとくゆらせた西島は顔を歪めた。

その瞬間、大輔の頭の中にあるパズルのピースがぴたりとはまる。

まず、西島と肩を並べなければいけないと理解した。まずはそこからだ。

後輩として役立つのではなく、年齢が離れていても対等な、本当の相棒になること。

そうでなければ、グレーゾーンに立つ田辺を守れない。

「……西島さん。俺はあいつと一緒に暮らします。プロポーズ、したんで」

ワイシャツの内側に指を入れ、チェーンを引き出した。その先に、田辺からもらった指輪がついている。ちらっと見せて元へ戻す。

「されたんだろ？」

西島がニヤニヤした笑いを浮かべ、大輔は不機嫌もあらわに睨み返した。

「したんです。俺が」

「あいつが、嫁なのか？」

驚きの表情でおそるおそる問われ、大輔は肩をすくめてみせた。

「……頭、硬いんじゃないんですか？　いまどき、どっちがどっちなんて決めませんよ」

「おまえに言われるのかよ！　頭の中、昭和のオヤジのくせして！」

のけぞった西島は、肩を揺らして笑い出した。

「好きにしろ、好きにしろ。同棲《どうせい》だろうが、同居だろうが、俺には関係ない」

「じゃあ、金輪際、あいつには会わないでください」

大輔の言葉に、西島はまた真顔へ戻る。それどころか、ぐっと目を据わらせた。

プレッシャーをかけられても、大輔は怯まなかった。

「あれは、俺の情報源です。これからも使います」

「カタギに戻すんじゃねぇのか」

「グレーゾーンって、言っててんじゃないですか。ややこしいから、口出ししないで欲しいんです。もしも俺が心配になったら、河喜田さんに相談してください」

「……なんで、その名前が出るんだ」

西島の声が地を這《は》うように低くなり、いかにも不機嫌な顔になる。

大輔は肩を揺らして笑った。河喜田は西島の知り合いで、生活安全課の刑事だ。見た目は涼しげな優男だが、得体が知れず、キャラが濃い。

「それは西島さんが、一番よく知ってるんじゃないですか？」

「知らねぇよ、んなもん。河喜田なんて男は名前も聞いたことねぇ」

西島は顔を歪め、ぶるっと震える。知っているけれど、考えたくないのだ。名前も知らない他人のフリをするのもこれが初めてではなかった。

西島と、河喜田と、大輔と、田辺。

みんながそれぞれに秘密を抱えている。

それはまるで、ジョーカーを隠して競うゲームのようだ。

大輔と田辺は、お互いのカードの柄を知らなくても、相手に協力していくつもりでいた。そうしなければ、ふたりで生き残ることは困難になる。

「今回の旅行で、きっちり片をつけてきたんだな」

煙草を指に挟み、西島はソファに深くもたれかかる。つまらなさそうに目を細めるのを見て、大輔は携帯電話を取り出した。

「そういうわけなので、河喜田さんを呼びます」

「おまっ！　バカか。あんなやつを呼ぶなっ！」

西島が大あわてで飛び上がったが、もう遅い。素早くメッセージを飛ばしたあとだ。

「おまえは、あのドスケベ男の怖さを知らねぇんだろ」

「でも、いろいろと恩があるので。返していかないと……」

「俺の貞操だけは守ってくれよ」

いかつい顔で真剣に頼まれ、大輔は困った。

「それは自分でお願いします。……っていうか、守るほどの貞操なんですかぁ？」

最後はふざけて答えながら、自分の煙草を取り出した。

＊＊＊

大滝組が春の定例会を終えてしばらく経ち、大輔が所属する組織対策課にそっけない文面の書類が届いた。田辺詢二《じゅんじ》は大滝組の関係者ではないという通知書だ。田辺の名前は『準構成員の名簿』からはずされ、『元構成員や協力者の名簿』へ移された。

大滝組の各団体には他の連絡事項とともに回されたが、裏社会においてはなにの影響も及ぼさず、田辺の日常は以前と変わりがない。

「なにが変わったってこともないな……」

オープンカフェの片隅に座った大輔は、ほのぼのとした日差しの中で田辺を見た。

薄青のカジュアルジャケットにストールを巻き、インテリめいた眼鏡もそのまま、爽やかさだけが一・五倍増しだ。長い足を組んだ姿が、いかにもさまになる。

「そう？　幸せに溢れてると思うけど？」

通りを流れる人波を眺めていた田辺が振り返る。さりげない笑顔すら眩しくて、大輔はへらっと笑った。

ほんのわずかな時間、小首を傾げた田辺と見つめ合い、大輔から視線をはずす。

田辺はなにごともなかったかのようにコーヒーカップを持った。薬指できらきらと輝くのは、大輔の贈ったリングだ。大枚を叩いて買っただけあり、ゴージャスな存在感がある。

ふたりはまだ一緒に暮らしていなかった。いろいろなことのほとぼりが冷めるのを待っているところだ。

「仕事は夏から？」

煙草を取り出しながら大輔が尋ねると、組んでいた足をほどいた田辺がライターを手にした。

「案件が来たら、それより早く動くことになるかな。ほぼフリーランスだよ。いわゆる外資だしね」

「……仕事内容、ちゃんと聞いてるんだろうな」

ライターの火を向けられ、田辺をじっと見つめながら煙草の先をあぶる。火が移ってから、話を続けた。

「これでまた詐欺の片棒を担ぐとかって、シャレにならない……。ちょっと、待てよ。そうなのか？」

　煙草をくちびるから離して睨むと、田辺はおっとりとした微笑みを見せた。

「犯罪行為じゃないから大丈夫」

　そうは言っても、甘い笑顔ほど油断のならない男だ。すぐには信じられなかった。

「……やめろよ。冗談になってないだろ。……だいたい、大滝組《あそこ》の息子はどうなってんだ」

「あー、それなんだけど」

　ライターをテーブルに置いた田辺が前のめりになる。秘密の匂いを嗅ぎつけ、大輔も真剣な顔で身体を傾けた。

「……面通しさせてくれって言われてるけど、俺の『男』として会う気はある？」

「ぅえッ？」

　変な声が出た。息が喉で詰まり、むせてしまう。

「……なっ、はぁ……っ？」

「岩下よりは、まったく全然、扱いやすい人だ。ホントに、別もの。ヤクザじゃないし」

　田辺はさらりと言ったが、これもまた信用できない。

　あの大滝組のひとり息子だ。親に反発して大阪のヤクザへ預けられ、そこで幹部の代わりとして刑務所へ入り、出所してからは家との縁を切って海外へ飛び出した。いわゆる

『変わり者』だ。

「……怖いだろ。なんだ、それ」

「家族ぐるみのお付き合い、って感じに受け取ってもらえると……。海外ドラマだとよくあるだろ？　フランクに上司の家でバーベキューするのとか」

「え。俺が『オオタキユウゴ』とバーベキューすんの？　肉の味がわからねぇだろ」

「バーベキューじゃなくてもいいけど」

答えた田辺は、耐えきれないように笑い出す。

「おおげさに考えすぎだよ、大輔さん。向こうは海外生活も長いから、男同士のカップルにも寛容だし、岩下と新条のカウンターになるのは、あの人しかいない」

眼鏡の向こうの甘い瞳に、ふっと鋭さが宿る。

カウンターアタック。つまり、防御や反撃の意味だ。

岩下の思惑に巻き込まれても、大滝悠護なら対抗できると、田辺はそう言っている。

口を閉ざした大輔はイスにもたれ、煙草をゆっくりと吸い込んだ。うつむいて細く吐き出す。

「そりゃ、さぁ……。心機一転、西島さんに踊らされてやってもいいとか、思ったけど、さぁ……。いきなり、そこ行く？」

めったなことでは繋ぎを取ることのできない相手だ。にわかな興奮を覚える反面、戸惑う気持ちも湧いてくる。

「あんたの先輩は、あんたと俺が繋がったとき、同じことを思ったんじゃない？」

とんでもない『ラッキーチャンス』だったという話だ。

駆け出し同然の刑事が、あの岩下の舎弟と繋ぎを取ったとき、西島はビギナーズラックだと笑いながら、『不安』と『期待』を天秤《てんびん》にかけた。

そして、前者を意識からはずし、『偉くなるため』に大輔を利用すると決めたのだ。

それをひどいと思うような、生ぬるい気持ちはすでにない。当然、あのときの西島というまの大輔は、同じことを考えている。

これはチャンスだ。

「また、あの人を喜ばせるだけじゃねぇの？　先輩面して、全然、働いてないし……」

大輔がぶつくさ文句を言うと、田辺も煙草を取り出した。火をつけて、洒落《しゃれ》た仕草でくちびるに挟む。ゆったりと口から遠ざけた。

「まだ『本当の相棒』じゃないんだろ」

田辺の軽い口調に対し、大輔は眉根をかすかに引き絞った。

先輩刑事がひた隠しにしている秘密を知っているのではないかと怪しんだが、尋ねても意味はないとあきらめる。それは、いつか西島の信頼を得て、本当の相棒になったときに知ることだ。

田辺に頭を下げてまでして引き留めてくれた理由も、警察官だった父親の遺志を継いでいる大輔を堕落させられない、なんて、湿っぽく単純な動機ではないだろう。

ここまできたのだから、一緒に踊ってやるのも悪くない。どうせ、グレーゾーンの元ヤクザが、大輔の婚約者《フィアンセ》だ。身を滅ぼさない程度に、悪徳刑事らしくやってみるのも、生き方のひとつだ。

どう転んでも、自分の中の正義を貫く大輔の本質は変わりようがなかった。

「おまえは、会っておくべきだと、思ってんだよな」

自分よりも利口な男に向かって、大輔はくちびるを尖らせた。軽く睨みつけると、くちびるが『かわいい』と動く。

それだけで、夜の生活を思い出し、腰の後ろがゾクッとしてしまう。寒気じゃなくて、欲情だ。

大輔はあわてて、そっぽを向く。顔を歪めて平常心を取り戻し、じっとりと目を据わらせて田辺を見た。

「俺、この仕事、向いてない気がしてきた。どんどん、深みにはまってないか……」

「いまさらぁー」

ふざけて笑った田辺が煙草を揉み消す。大輔はぐったりと肩を落とした。

「なぁ、いっそのこと、交番勤務に戻してもらおうか。そのほうが、気楽だ……」

「無理だよ」

田辺の手が、テーブルを這って近づいてくる。

「刺激のある生活に、あんたは燃えるだろ。きつい仕事で気を張っていれば、夜も楽しいと思うよ」

甘い目元をした田辺にそそのかされ、大輔はくちびるを尖らせる。

「……なんの話だよ」

チンピラさえ威嚇《いかく》するマル暴仕込みの睨みを利かせても、田辺がたじろぐことはない。

大輔を見上げる姿勢を崩さず、ちょんと爪に触れてきた。

「俺と出会ったときから、あんたの人生は回り始めてる。そこからはずれたら、それは道をそれたことになるだろ？」

「偉そうに言うよな。勝手に突っ込んでたくせに」

「俺はあんたを選んだ。あんたも俺を、選んだ。そうだろう」

大輔へ伸ばされているのは左手だ。大輔の贈ったエンゲージリングが、春の日差しを受けてキラキラ光った。

「わかったよ。ケツまくったりしないで、ちゃんとやるって……」

面倒なそぶりで乱暴に言いながら、大輔は田辺の指先を摑む。

当面の目標は、西島から本当の相棒として認めてもらうことだ。そしていつか、協力してくれと頭を下げさせる。

平穏な生活を失うあきらめと、これからに対する期待が入り混じり、大輔は複雑な気分で息をつく。

向かい合う田辺は、優しく微笑むばかりだ。

その視線が、ふいに、目の前の通りへそれた。

視線を追いかけた大輔はひやりとする。摑んでいた手にも、すがるような気持ちで力が入った。

横浜の街には珍しい男性和装の男と目が合う。

ひらひらと揺れる袖は春めいた柔らかな萌黄色《もえぎいろ》で、眼鏡をかけてなお涼しげな美形がわずかに歪む。岩下佐和紀だ。

そばに仕立てのいい春物のスーツを着た男を従えていた。エスコートするように道路側に付き添うのは旦那の岩下ではない。その舎弟で、嫁の世話係のひとり、岡村だった。田辺とは同僚のような関係だ。

佐和紀の視線を追い、大輔と田辺に気づく。しかし、そのまま視線をそらした。

ふたりは並んで行きすぎる。

「田辺かと思った」

岡村を振り向いた佐和紀の声が聞こえてきたが、笑う様子はなく淡々とした口調だ。

「人違いですよ」

岡村の落ち着きのある声がかすかに届く。

「行こうか、大輔さん」

ふたりがオープンカフェの向こう端に座ったのを見て、田辺が腰を浮かせる。

大輔は摑んだままだった手をほどいた。手のひらの汗をおしぼりで拭いて、一足先に歩き出した田辺を追いかける。

店を出てしばらくしてから、田辺はショーウィンドウの前で足を止めた。革製品の店だ。春の新作が並んでいる。

「なぁ、あや。……さっきのさ」

声をかけると、カバンや財布を眺めていた田辺が振り向いた。ハッとするほど整った顔に微笑みが浮かんでいる。それを真正面に向けられて、大輔は思わず見惚れてしまう。

身体がカッと熱くなり、頬が火照った。興奮と呼ぶには淡い衝動を持て余しながら、足元に張られたタイルを蹴る。

「兄貴分を裏切ったと思われてるんじゃないのか」

佐和紀と岡村のそっけなさを思い出し、大輔は不安に駆られた。

組の名簿から名前を消しても、これまでの繫がりがすっかりキレイになることはない。

組長レベルの人間でさえ、ヤクザでなくなった瞬間、元同僚に追い込みをかけられる。

よくある話だ。ヤクザ時代に稼いだ金を力尽くで根こそぎ奪われることになるが、警察に助けを求めることはできない。

そんなことをすれば、家族や親類にも報復の手が伸びる。足抜けの危険なところだ。

田辺のような準構成員でも、後ろ盾をなくしたと知った途端、別の悪事に荷担させようと近づいてくる人間は出てくる。ヤクザの足抜けは、金回りがいいほど難しい。

「心配しないでいいよ」

大輔の心を見透かしたように、田辺はいつもと変わらぬ爽やかさで笑った。

「そういう面倒なことを避けるために、金を積んであるから。岩下は鬼畜だけど、約束は守ってくれる。人を裏切ってばかりじゃ、ヤクザはやっていけない」

ゆるやかに首を左右に振りながら、田辺が腕を伸ばした。肩へと腕が回り、顔を覗き込まれる。

大輔が想像するような足抜け後の面倒に万全を期すため、田辺は大滝悠護に庇護《ひご》を求め、岩下と少しずつ距離を取っていくことにしたのだ。

完全に足を洗えないとしても、前進していることは間違いない。

波風を立てずに進み続ければ、大輔と田辺が一緒に暮らせるようになるのも、そう遠い話ではなかった。

大輔の肩に腕を乗せた田辺が、かすかに笑いながら言う。

「でも、まぁ、新条のあれは、素かもしれない……。今日の嫌がらせ、ってところかな」

　真面目な声で言われて、大輔は怯んだ。

「え、まさか……」

「あいつが組の通達とか、俺の身の振り方とか、そんなことを理解するとは思えない。誰かが報告したとしても、右から左に流れてる可能性が高い。……頭が弱いから」

　佐和紀が聞いたら怒りそうなことを、悪びれもせずにさらりと言う。田辺が離れると、柑橘《かんきつ》の爽やかな香水の残り香が漂った。

　条件反射で深く吸い込んでしまい、大輔は照れくさくなる。自分の首の裏に手をあてがい、肌をぽりぽりと掻いた。

　田辺が組織を離れたと周知されるにはしばらく時間がかかる。それは事実だ。宣伝して歩くものでもない。

「そうなると、岡村のアレは、邪魔をするなってことだろうな」

　人の悪い笑みを浮かべ、田辺はおかしそうに肩を揺すった。大輔に向かい、軽く小首を傾げた。

「挨拶に行こうものなら、殺されてたかも」

「まさか、さっきの世話係……、アニキの嫁に惚れてたりすんの？」

　口に出した先からありえないと思い、大輔は声をあげて笑った。

佐和紀の旦那は岩下だ。あの男を敵に回して横恋慕するなんて、まともな人間の考えることではない。もしも、いたとしたら、それは本当のバカだ。

「そんなヤツいるわけないよな。……店の中も見よっか」

先にふらりと店に入ったが、田辺がついてこない。不都合でもあるのかと店先へ戻ってみる。

田辺は、ショーウィンドウの前で腹を抱えていた。

「……なに？　俺、おもしろいことでも言った？」

「違う、違う。ごめんね。ちょっとツボに入っただけ」

口元に手をあてがって笑いをこらえ、大輔の背中を促してくる。

「中へ入ろう」

声が引きつり、震えている。

「だから、なんだよ。気になるだろ」

「あいつに比べて、俺は幸せすぎると思っただけだから」

「……幸せすぎて笑ってんの？　気持ち悪いだろ……」

そうは言ったが、口元がゆるんでしまう。休みの日だから、大輔の左手にもリングがはまっている。シンプルなそれは、エンゲージリングよりはマリッジリングのようだ。

田辺はそのつもりで用意したのだろう。

「そういえば、金ってさ、いくら払った？　俺もいくらか、出そうか」

財布を見ている田辺のそばへ寄り、周囲には聞こえないよう、声をひそめる。田辺が岩下へ支払った足抜け金の話だ。

「そんなことに、大輔さんの金は使わなくていいよ」

田辺は振り向かずに答えた。

「で、いくら？　これぐらい？」

純粋な興味本位が引かず、大輔は指を二本立てて見せる。

一本百万円。二本で二百万円だ。

田辺が無反応なのを見て、大輔はたじろいだ。

「え、まさか……これ？」

手を開いて見せる。

「この話はしばらくやめよう」

にこやかな微笑みを残し、田辺がその場から逃げていく。

「え……マジ。五百万も……？」

卒倒しそうな金額に、大輔はぶるっと震えた。

一昔前なら、何千万という単位で金が動くこともあっただろうが、不景気続きのご時世では百万単位が相場だ。刑事だって、十万単位の安い金額で買収される。

「大輔さん、その程度で……ね？」

戻ってきた田辺が、そっと大輔の手を閉じる。

「もう終わったことだし、少しは残してあるから。ここで、お揃いを買うぐらいは、もちろん」

微笑みかけられて、大輔は顔をしかめた。不満があるわけではなかった。

ただ、自分に向かってだけとろける恋人の存在が胸に熱くて、平然とした態度が返せないだけだ。

「……いや、おまえの分は俺が買うから」

そう言って胸を張ると、田辺は眩しそうに目を細め、いっそう穏やかな満面の微笑みを浮かべた。

足抜けにかかった本当の金額を知るのは、もっとあとのことだった。

あたらしい季節

八月の朝は、空調の行き届いた部屋で目覚めてもけだるい。

起き抜けの水を飲み、シャワーを浴びて、尻《しり》をすっぽりと隠すビッグサイズのTシャツを着る。ボトムは穿《は》く気にならず、ボクサーパンツのままでダイニングテーブルのイスへ座った。

まだ眠たさが残る目をこすった大輔《だいすけ》は、黙って朝食をとる。盛夏の陽差しは朝から強く室内へ差し込む。高級スピーカーから流れる音楽は、軽妙なインストゥルメンタルだ。

大輔の誕生日祝いに、田辺《たなべ》が一揃《ひとそろ》え新調したオーディオセットで、大型のスピーカーがテレビの横にふたつ据えられている。ふたりで聞き比べて選んだだけあり、音質は最高だ。なにを聴いても気分があがる。

今朝《けさ》は陽気なウクレレが響き、休日の雰囲気を引きずっていた。

バタートーストをくわえた大輔は、ダイニングテーブルの空いたスペースに新聞を広げて読む。ざっと眺めて目を通し、次へめくる。トーストはよく焼かれ、ざくっとした歯触りが気持ちいい。

トーストの皿には生野菜のサラダとベーコンが添えられ、マグカップに入れられたコーヒーが香ばしい匂《にお》いをさせている。

用意したのは、向かい側に座る田辺だ。同じように新聞を読んでいるが、こちらは縦半分に折ったものを手に持っていた。

「なんか、変わったこと書いてある?」

新聞から目を離さず、トーストを皿に置きながら尋ねる。朝の挨拶《あいさつ》以来、初めての発声で、大輔の声はざらついて喉《のど》に引っかかった。

「今日は特にないね」

よどみのない声で答えた田辺が新聞を畳んで置く。

大輔が読んでいるのは一般紙で、田辺が読んでいるのは経済新聞だ。よほど大きな事件以外は、記事の内容にそれぞれの特色が出る。

大輔はマグカップを引き寄せ、コーヒーの香りを深く吸い込んだ。

「いい匂い」

思わずつぶやいた声が跳ねると、田辺がテーブル越しに腕を伸ばしてくる。

指先が大輔の口元に触れ、そっと拭《ぬぐ》われた。

「パンくず」

ふっと笑った男は、大輔のくちびるを拭った指先を当たり前のように自分のくちびるへ持っていく。

「食べるなよ……」

大輔があきれても、どこ吹く風だ。テーブルに頬杖《ほおづえ》をついて、楽しそうに笑う。

「今日も暑くなりそうだから……気をつけて。水分と塩分をバランスよく摂《と》って。……ね、身体《からだ》、だいじょうぶ？」

なにげないふうを装った声に艶《つや》が滲《にじ》み、大輔はスンと無表情を決め込んだ。ブラックコーヒーをすすり、広げた紙面を目で追う。

「そんなこと聞くなら、ちょっとは遠慮しろ」

「……俺は、したけどね」

離れて座る田辺の声が、間近でささやかれたぐらいに耳へ流れ込んでくる。大輔の身体の芯《しん》はぞわりと昨晩を思い出した。寝不足は熱中症を引き起こすからと言い訳をつけられ、空が暗くなった頃にはベッドへ誘われていたのだ。

三時頃の軽食で腹が満ちていたおかげか、汗だくになって励むにも絶好のタイミングだった。つまり、興に乗りすぎてしまった自覚がある。

あれをしてくれ、これをしてくれと注文を出し、こっちだ、あっちだと頼まれるままに動いた。全身はくまなく筋肉痛だが、日常生活を過ごすのに支障はない。普段使わないところまで鍛えられて、ちょうどいい筋トレになったぐらいだ。

しかし、そんなことは田辺に言わない。ただでさえ熱烈に求められるのに、これ以上の免罪符を与えたら、とんでもないことになる。

「身体が丈夫なのは知ってるけど、あっちは……」

からかうでもない田辺に視線を向ける。ひと睨《にら》みで黙らせ、大輔は深く息を吐いた。

田辺が言った『あっち』は後ろの穴のことだ。鍛えることは困難で、ゆるくなったとしたら問題があるし、きつくなりすぎても支障が出る。そもそも、繊細な器官で、こすられることには限度があった。当たり前すぎる話だ。

「バカか」

冷たく言い返しながら、大輔はくちびるを尖《とが》らせた。

内側から押し広げられ、ぬるぬると動く田辺の硬さが思い起こされる。それと同時に、柔らかい内面をこすられる繊細な感覚がよみがえってきて、大輔はいまいましく眉根《まゆね》を引き絞った。

こざっぱりと爽《さわ》やかな雰囲気の田辺が目を細める。

同じように昨晩の記憶をなぞっているのだとわかり、大輔は猛烈な勢いの欲情を覚え、マグカップをテーブルへ戻した。思いがけず大きな音が響いたが、気にする余裕はない。

「勃《た》った？」

田辺が淫靡《いんび》に声をひそめる。

「……おまえのせいだ」

「そうだね、俺の責任だ。……抜こうか」

「ダメだ。仕事に身が入らなくなる」

そうは言ったものの、Tシャツの裾《すそ》に隠れた股間《こかん》は隆々と勃起《ぼっき》している。夏生地のボクサーパンツは締めつけがゆるい分だけ、反応が一目瞭然《いちもくりょうぜん》だ。

「どっちにしても、集中できないだろ」

田辺がイスから立ち上がった。指先でテーブルをたどりながら近づいてくる。

「大輔さんは新聞を読んでるといいよ」

「……そういう趣味はない」

真面目《まじめ》に、低い声で答える。人に奉仕させて日常生活を演じられるほどの器用さは持ち合わせていないし、それが好きな相手となれば落ち着きようがない。

「手と口と、どっちがいい？」

田辺はまるで話を聞かず、柔らかな口調で問いかけてくる。

大輔は拒むつもりで振り向いたが、指先でするりとあご下を支えられ、くちびるが重なれば、もう言葉はなかった。

「丸わかりだね……。なにを思い出したの？」

田辺の手が、Tシャツの裾ごと大輔の先端を摑《つか》んだ。

「このTシャツ、買って正解だった。まさか、ボトムを穿かないとは思わなかったけど……。わかってる？　大輔さん。あなたのね、剝《む》き出しになってる足だけで、こんなにも興奮してること。これから仕事じゃなかったら、抱きたいぐらいだ」

「……無理」

大輔の声が引きつる。腰も逃げたが、背もたれに邪魔されてしまう。

「好きだよ、大輔さん」

田辺はひっそりとささやき、覆いかぶさるようにくちびるを重ねる。出会ったときには想像もしなかった男がそこにいて、優しさと甘さと献身に包まれる大輔の心はわずかに痛んだ。

田辺は日を重ねるごとに穏やかな口調になり、態度も紳士的になった。

プロポーズをして、エンゲージのリングを贈り合ってからはいっそう拍車がかかった。『あんた』と呼ぶときと『あなた』と呼ぶときのふた通りが入り交じり、後者のときは照れ隠しもなくストレートに甘い。そして、歯が痛くなりそうに気障《きざ》な仕草もよく似合う。

一方で、インテリヤクザの余韻が見え隠れする乱暴さにも懐かしさがあり、どちらとも田辺に違いなかった。

揺れる二面性を誰《だれ》よりも理解している自負のようなものが大輔にはある。

「うっ、ん……」

大きな手のひらでこね回され、大輔はこらえようもなく背をそらした。身をかがめた田辺の首筋に腕を回し、柔らかなサマーコットンのシャツに頬を押し当てた。

さやかれた。

「新聞は読まないの？」

田辺の声に柔らかく耳朶《じだ》を揺らされる。ぶるっと震えてしまうと、いっそう甘い声でさ
「じゃあ、食事は？　しないの？」

「でき、ない……っ。んっ……っ！」

上向きに直された昂《たか》ぶりの裏側を、布越しに指でカリカリと刺激される。

「昨日、あんなにたくさん出したのに、まだこんなに大きくなるんだ……？　足りてなかった？　俺ばっかり気持ちよかったかな」

根元から形をなぞられ、耳朶をかりっと甘嚙《あまが》みされる。大輔は声を震わせながら背中をそらし、田辺の背中にしがみつく。シャツを摑んで引っ張った。

「ん、ん……っ。ちゃんと、してくれ……」

「じゃあ、教えて。俺の手とくちびると、どっちが好き？　どっちでイカされたい？」

すべすべとした田辺の頰が、ヒゲを剃《そ》ったばかりの大輔の頰を滑って動く。

「……どっち、も……あっ……早く」

耐えきれず、自分でTシャツをまくり上げた。股間を覗《のぞ》き込んだ田辺はふっと嬉《うれ》しそうに息を吐いた。それがたまらないほど大輔を煽《あお》る。

「欲張りだね、大輔さん……」

ちゅっと音を立て、くちびるにキスが落ちる。

「あや……あっち、いこ……」

食事中の場所で行為に及ぶ気になれず、大輔は首筋に腕を回して腰を浮かせた。キスをしながら立ち上がると、田辺の腕が背中へ回る。

「最後までしたくなる」

「……俺が熱中症でぶっ倒れてもいいなら、な」

両手で田辺の頬を包み、キスを繰り返しながら挑むように言い放つ。田辺は形のいい眉を下げて答えた。

「それは困る。看病してるあいだは一緒にいられても、かわいそうでたまらないから」

「じゃあ……」

わかってるよな。と視線で釘《くぎ》を刺し、キスを交わしてソファへ移動する。

「代わりに、たっぷりさせて……。こんな明るい朝にフェラチオされてる大輔さんを味わいたい」

「……遅刻する」

「車で送るから……」

ソファに座らされた大輔は息を呑《の》んだ。整った顔立ちに見つめられると、嫌だと言えなくなってしまう。

それに、車で送ってもらえるなら、電車で移動するよりも楽で、なおかつ到着が早い。

脳内で弾《はじ》き出される回答は単純だ。そうそうに算段がつき、快楽に弱い自分に苦笑した。

こういうところにつけ込まれたと思うたびに、自分のダメなところが都合よく思えてくる。

そうでなければ、田辺との関係は続けていられなかっただろう。身体だけでなく、心にも快感が与えられるから、気づいたときにはどっぷりとハマっていたのだ。

大輔の下着を脱がし、足のあいだへ田辺がもぐり込んでくる。

Tシャツの裾をまくって握りしめた大輔は、されるがままに身を任せた。

手でしごかれ、先端に生温かい息がかかる。そのたびに昂ぶりはいっそうの反応を見せ、反り返って育つ。恥ずかしいと思うウブさはなく、大輔はじっと恋人の舌づかいを眺めた。

先端からくだり、形をなぞって戻ってくる。

出勤前に味わう種類の快感ではなかったが、わずかな背徳は興奮のスパイスだ。大輔は熱っぽく呼吸を乱し、田辺の頬を片手で撫《な》で、髪へ指をもぐらせた。

「あ、はぅ……ぅ」

思わず声が出てしまうほど、快感は痺《しび》れを伴って強い。

行為はあけすけだ。他の男なら萎《な》えるはずだが、いま、大輔の熱をくちびるに迎え入れ、たっぷりと唾液《だえき》を溢《あふ》れさせているのは田辺だ。視覚で得る強烈な興奮に腰が乱れ、ソファに崩れながら大輔は喘《あえ》いだ。腰を揺らし、リズムを合わせて駆けあがる。

「大輔さん。急がないで」

まだ時間はあると言いたげに田辺のくちびるが逃げ、大輔はムッとして耳を摑んだ。

「急いでない」

熱い粘膜に包まれる心地よさが遠のき、続きを求める腰が疼《うず》く。夜とは違い、理性を手放すことができずにじれったい。外が暗ければ、もっとはっきりと求めることができるのに、いまは舐《な》めてくれのひと言にさえ躊躇《ちゅうちょ》する。

「いやらしい顔してる……。大輔さん。舐めて欲しい？　こんな爽やかな朝に、いやらしい音を立てて吸って欲しいんだ？」

「ば、か……っ」

「頼んでくれたら、指も入れてあげるのに。昨日の夜、俺のでさんざんこすってあげたところ。指で揉《も》んであげようか」

「あっ……」

指が袋の裏を這《は》い、大輔はソファの上を逃げた。

「そこ、は」

「そこは？」

「……いやだ」

声は小さくかすれ、田辺の表情がすっと変わる。からかいが消えて、うっすらとした微笑《ほほえ》みが浮かんだ。

「ごめん。……浮かれた」

恥ずかしそうにつぶやいた田辺は、自分のワイドパンツをさげた。自分の手でしごきながら、もう一度、大輔の足のあいだに顔を伏せる。

舌が這い、手で摑まれ、くちびるでもしごかれていく。

「あ、あっ……」

大輔はのけぞりながら素直に昇り詰めた。愛撫《あいぶ》のすべてでも快感だったが、なによりもフェラチオをしながら自慰にふける田辺がいやらしい。

自分が達してから口でしてやろうと、それぱかり考えているうちに、くちびるがくわえる快感を思い出す。舌先がしきりとくちびるを舐め、大輔は無意識に拳《こぶし》を引き寄せた。肌に歯を立てる。

田辺から与えられる快感で、大輔の身体はすでに極まっていた。

「あ、あっ、あぁ……っ」

心地のいいタイミングで射精が始まり、朝から精液を搾られる。卑猥《ひわい》だが甘さはたっぷりだ。

「大輔さん、やらしい……」

大輔の出した体液を嚥下《えんか》した田辺がなに食わぬ顔で言う。本人のほうがよっぽどだ。濡《ぬ》れたくちびるを指で拭い、潤んだような瞳《ひとみ》でまばたきを繰り返す。

「来い、よ」

招きながら田辺を立たせた大輔は身をかがめる。たまらないほどいやらしい気分になって、剝き出しの熱にくちびるを近づけた。ソファに腰かけた姿勢でするりと吸いつくと、熱っぽい男の喘ぎが頭上から降りかかる。

「もしかして……さ。フェラしてる俺で、イッたの？　……エロい……」

ビクビクと跳ねる田辺も長くは保《も》たなかった。大輔の始業を気にして、早く済ませたのだろう。いつもの半分もかからずに達して果てる。

「……あんまり、よくなかったんじゃ……」

大輔が声をかけると、田辺は片目を閉じるような照れ隠しの表情を浮かべた。

「よかったよ。俺は、あとで反芻《はんすう》して楽しむからいい。それより、朝食の続き」

「時間、あんのかな」

立ち上がりながら見た時計の針は、まだ若干の余裕を示していた。

「おまえ、時間計ってんの？」

大輔のからかいに、田辺が肩をすくめる。

ふたりでバスルームへ行き、下半身だけシャワーを浴びて、口をゆすぎ、どちらからともなくキスをして抱き合った。

「大輔さん、ごはん……」

「もうちょっと、いいだろ」

飽きずにキスを求め、田辺の腕を首に促して背中に腕を回す。

「大輔さん」

キスの合間に、田辺がもう一度たしなめるように名前を呼んでくる。大輔は無視してキスを続けた。春にプロポーズをして数ヶ月。まだふたりに進展はない。

大輔が田辺のマンションの近くに引っ越すだとか、結婚式をしようだとか、いろいろと話はするが、タイミングが摑めないまま時間ばかりが過ぎていた。

田辺を大切に思うほど、『結婚式から同居』の順序を守りたくなる大輔の性分がネックだ。わかっている田辺はなにひとつ急かしてこない。

「こんなキスをするなら、先っぽぐらい入れさせてよ」

いつものように冗談を口にして笑い、大輔の首筋をぐいと引き寄せた。


ランチタイムには激混みになる町の食堂も、ピーク後は気忙《きぜわ》しさも消えて落ち着いた雰囲気だ。テーブルはすべて埋まっていたが、ひとり客ばかりなので有線放送の音楽がよく聞こえる。

　四人掛けのテーブルを占領した大輔の前にも、生姜《しょうが》焼き定食が届いた。顔見知りのおばちゃんが、にこりと笑ってウィンクを投げてきた。千切りのキャベツの上に乗った生姜焼きの肉が増えているのはいつものことだ。笑顔で会釈を返し、皿を引き寄せる。

　ここの生姜焼きは甘辛さが絶妙で、抜群に好みの味だった。食べる前から口の中に唾液が溢れてくる。大輔はひとまず水を飲んだ。

「西島《にしじま》は一緒じゃないんだ？」

　男の声がして、目の前のイスが引かれた。スーツ姿の中年男が座る。町の食堂には不似合いなほどかっちりと仕立てられた三つ揃いで、華奢《きゃしゃ》な身体つきが端正な印象に映る。黒々とした髪も乱れなく固められていた。

　生活安全部生活保安課の刑事・河喜田《かわきだ》だ。見た目は優男だが、裏の顔はぞっとするほど得体が知れない。しかし、その裏側さえ、めったに見せない男だった。

「あとから来る予定ですけど」

　大輔が答えるのを聞きながら、河喜田はぐるりと店内の壁へ視線を巡らせた。一緒に食事をするつもりらしい。

「きみは、生姜焼きが似合うな……」

　注文を取りに来たおばちゃんに『焼き魚定食』を頼んだあとで、河喜田は立ち上がった。

ジャケットを脱いで裏返し、隣のイスの背にかける。それから座り直した。

「あんた、ちゃんと仕事をしてるんですか？　管轄違いですよね」

あきれながら話しかけ、生姜焼きを口の中へ押し込む。続けて、白飯も押し込んだ。

「あー、あー。とんだ大型犬だな。ご飯粒がついてる」

手がスッと伸びてきたが、触れられる前に肩を引いて避《よ》けた。

「……自分で、できる」

ムッとした声で言い返すと、河喜田はおかしそうに肩を揺すって笑いだす。

「それは申し訳ない。……嫉妬《しっと》深い恋人が、どこで見ているか、わかったもんじゃないからな。どんなところでも気を張っておくに越したことはない」

「そういうんじゃないんですけど」

河喜田は、大輔と田辺の仲を知っている。助言をしてくれたこともあるぐらいだ。

『ふたりでいたいなら、答えはひとつずつじゃない。ふたりでひとつだ』

そう言われたことは、いまでもよく覚えている。河喜田は西島からの伝言だと言ったが、真相はわからないままだ。

しかし、言葉の内容に関しては、本当にその通りだと思った。

経験してきた恋愛の中でも、常に足りなかった部分だ。だから、今回だけは間違えたくない一心で、田辺と共有する答えを探した。それが結果として『プロポーズ』になった。

約束を共有することで、この先のふたりについて、きちんと話し合えると信じたからだ。間違いはなかったと思う。大輔の気持ちもどっしりと落ち着いたし、なにより田辺を不安にさせていない。希望や夢があったとしても、冗談めかして口にする男だ。心の奥底で考えていることが摑みづらく、本心の在《あ》り処《か》もよくわからない。

まるで女みたいだと思うこともあった。男にすべてを委《ゆだ》ねるふりをして、いつでも、自分の一番の望みを言い当てられたいと思っている。それはいつも万華鏡の模様のように変わり、正解なんてどこにも存在しない。

つまり、それが人間の感情ということだろう。

田辺を見つめているうち、大輔にもわかってきた。

ずっと、女を恋愛対象にしてきたから、男の本心なんて考える必要もなかったのだ。自分の考えが、そのまま『男』の総意だと思っていた節もある。

ふたを開けてみれば、恋する人間の思考回路に女も男もなく、大輔もときどき田辺を試している。

自分の気持ちを探らせても、絶対に正解だとは言ってやらないのだ。もしも正解にたどり着いたら飽きられてしまうような、そんな気がして素直になれないのかもしれなかった。

「彼はうまく立ち回ったみたいだね。春に書面が回っただろう」

河喜田の声は静かに沈む。内緒話に向いている声色と口調だ。

「……なんでも知ってるんですね」

「蛇の道はヘビと言うだろう。岩下の動向については押さえておきたいんだ」

「そうなんですか。でも、俺はなにも持ってないですよ」

「期待はしていない」

河喜田は肩をすくめて笑う。魚を焼く匂いに気づいて厨房《ちゅうぼう》のほうへ視線を向けた。田辺とは違った美形だ。すっきりとした鼻梁《びりょう》は高慢そうで、ひとあたりはお世辞にもよくない。

「大滝組のリストから抜けても、あの男の舎弟扱いは継続なんだろう？　そんなことがよくできたものだ。……代償はなんだろうか。金か、それとも、なにか別の……」

期待していないと言った先から探りを入れてくる。

大輔は食事を続けながら答えた。

「そのあたりは聞いてません。俺を拷問してでも吐かせようって変態がいるかもしれないので」

「どうして、俺を見て言うんだ」

「河喜田さんが変態ってことじゃないです」

とはいえ、まっとうな性癖の男でもなかった。そこが河喜田の末恐ろしいところだ。

「西島の相棒だけあって、口の悪さは一級品だな。……駅前でやってたキャンペーン。あれに引っ張り出されてただろう。夏の交通安全……」

「あぁ……」

言われて思い出すのは、駅前で団扇《うちわ》を配った『夏の交通安全キャンペーン』だ。恐ろしいほどの猛暑日だったが、気力でやり過ごし、規定枚数の団扇を配りきった。

今年一番の大仕事だったと、本気で思っている。

「見てたんですか」

「見た目のいいのを集めたんだろう。よかったよ。鍛えた二の腕に、汗が流れて……」

口調は涼しげだが、言っていることがえげつない。大輔はじとりとした目で河喜田を見据えた。

「フツーの目で見てくださいよ」

「見たよ。ごく自然に」

「……いや、違うデショ」

大輔はへらっと笑った。当日の団扇配布当番は、各部署から選ばれた男性警察官ばかりで、特に筋肉自慢が選ばれていたようだ。大輔も久しぶりに着た制服の半袖から二の腕をさらし、汗水流して働いた。

「きみの制服姿が一番だったと思うよ。……制服にトラウマが残らなかったようでなによりだ」

「……うぇっ」

思わず声が裏返り、口に押し込むつもりだった生姜焼きを皿の上に戻す。

制服にトラウマが残る。その言葉が意味することはただひとつだ。

大輔が拉致《らち》されて、レイプショーに売られかけた事件。あれから約一年半が経とうとしている。

「たいしたことじゃなかっただろう？」

河喜田の片頬が引き上がり、意味ありげな笑みが向けられた。本心を探られていると悟り、大輔は身構える。

「制服を着るたびに思い出してたら、この仕事を続けられないですからね」

「その通りだ。で、一度は着たままヤッてみた？」

「……んん？」

端整な顔立ちを向けられ、大輔の頭の中が混乱する。常識では測れない男だとわかっていても、ごく普通のまともなインテリに見えるからだ。

「ちょっと、意味が……」

「だからさ、トラウマになる前に、恋人と制服でセックスするのがセオリーだろ？」

「あああ……。意味が、わかりません……」

「わかってるくせになぁ。反応が西島とそっくりすぎて、妙に興奮しそうだ」

痺れるような恐ろしいことをさらりと口にして、河喜田は届いたばかりの焼き魚定食に向き合う。

「きみは身体を鍛えているから、夏服のほうがいいよ。試してみたら？」

「もう、トラウマじゃないんで……いいッス」

「なおさら、試してみたら？」

「そんなことを言うために来たんですか」

「西島がいないからだよ」

「たぶん、あんたがいるのを見たら、入ってこないと思います」

「ありえるなぁ」

肩をすくめた河喜田は食事を始めた。箸《はし》を持った指先は美しく、育ちの良さがはっきりとわかる。大輔は田辺の手を思い出した。

家政婦から教わったと笑っていたが、おそらく真実だろう。家族の話はしたがらず、親兄弟についての情報はほとんど知らない。

できれば聞きたいと思うこともあったが、本人が話したがらないものを問い詰めても尋問になるだけだ。

「西島は、きみのことがあって、だいぶん頭が柔らかくなったよ。あともう少しで、情報欲しさに俺と寝そうな気がするくらい」

「それは夢を見すぎじゃないですか。現実、見ましょう、現実」

大輔が箸を振り回して言うと、河喜田はあからさまに冷たい表情で、行儀の悪さを非難してきた。大輔は肩をすくめ、しょんぼりと頭を下げる。

「すみません」

「きみの相手は、品のいい男だろう。もう少し釣り合いが取れるようにしてやるべきだ。まぁ、毛色の違う粗野な刑事だからこそ、向こうは興味を持ち続けているのかもしれないけれど」

「……つ、つらっ」

つい言葉が漏れた。ひどい言われようだが否定できない。

「西島に対するときと、俺や恋人に対するとき、それぞれの態度を変えるぐらいの柔軟性は持っておきなさい。岩下《いわした》との関係が絶てない以上、きみは巻き込まれてるわけだし」

「どういうことですか？　……あいつに、なにか……」

「ないとは言い切れないだろう。組を抜けた舎弟の使い方を決めるのは岩下だ。金で片をつけていようが、強力な後ろ盾をつけていようが、きみと彼が遠い最果てに逃避行でもしない限りは、岩下からは逃れられない」

「わかってます」

「わかっているなら、いいんだ。きみも、厄介な相手をパートナーに選んだものだな」

「はぁ」

返す言葉はなく、食欲もどんどんなくなってくる。

「俺は、どうするべきなんですか」

「……俺に聞くのか」

焼き魚の身を箸で器用に取っていた河喜田が動きを止める。あきれられると思ったが、大輔の想像ははずれた。

河喜田は箸を置き、まるで面接官のように姿勢を正した。

「力をつけることだろうな。ものごとの隙間《すきま》を、運ではなく実力ですり抜けることができれば、彼の周辺にいるだろう悪人たちへの抑止力になる。扱いも変わるはずだ」

「そんなに、よくない状況なんですか」

「さぁ、どうだろう。俺とイイコトするなら、岩下の周りを探ってやってもいいけど？」

ベスト姿で姿勢よく座っている河喜田は笑いもせず真面目に言う。

「……冗談にもほどがありますよ。いま、恋人のことを相談してるのに」

「あぁ、そうだった。……趣味なんだ」

「え？　なにが……」

「寝取るのが」

河喜田はあまりにあっさりと口にする。

唖然《あぜん》としてしまった大輔はうぅんと唸《うな》り、なにもかもを忘れて食事に戻る。河喜田と話していると、頭の線が焼き切れそうだ。

「いい食べっぷりだ」

河喜田が息をつくようにつぶやく。ごく普通の口調のはずが、大輔の背には悪寒が走る。ゾクッと震えた。うっとりしているように聞こえたのは思い違いだと自分に言い聞かせ、肉と白米を口いっぱいに頬張った。


ふたりが食事を終える頃になっても西島は現れず、河喜田の奢《おご》りで店を出る。ごちそうになった礼を告げ、大輔はあたりをぐるっと見回した。西島が潜んでいないか
「約束してたんですけど」

と思ったのだ。しかし、それらしき人影どころか、通行人のひとりもいない。

夏の陽差しがあまりに強いせいだ。コンクリートがじりじりと焼けて、照り返しで汗が出てくる。

合流の約束をしていても、予定が変わることはときどきあった。携帯電話を使えばすぐに連絡が取れるが、河喜田もそこまでは求めてこない。

なにをしに来たのかは不明だが、問い詰めても仕方のない話だ。

「いいんだ。きみと話ができたから。……いまも沢渡組《さわたりぐみ》に張りついてるのか」

河喜田は背筋を伸ばし、ジャケットのボタンを留めた。本庁から来たエリートだと言われても信じてしまいそうな堅さがある。

「いや、そうでもないです」

河喜田の雰囲気に呑まれるわけにはいかなかった。適当にはぐらかして答える。

大輔の所属する組織対策課が関《かか》わる団体や事件はさまざまだ。日々の情報収集の積み重ねが肝心で、地味な巡回仕事も多い。もちろん、暴力団だけでなく半グレ集団、詐欺グループにも目を光らせていて、家宅捜索や逮捕に至ることもある。

事件の発生を事前に防ぐことは難しいが、思わぬところが線で繋《つな》がることも珍しくない。しばらくは沢渡組に関連する麻薬密売を追っていたのだが、日を追うごとに状況が変わり、いまのところ、大輔たちの管轄内で目立った動きはない。

その代わり、北関東が騒がしくなっているという噂《うわさ》は耳に入っていた。

「大滝組《おおたきぐみ》にいた本郷《ほんごう》の件だろう」

ネクタイのゆるみを直した河喜田が宙を見据える。大輔は食堂の脇《わき》に置かれた灰皿のそばで煙草《たばこ》を取り出した。日陰になっていて、少しは涼しい。

河喜田と離れるタイミングを逸してしまったが、発言は気にかかった。

北関東の暴力団も、横浜に本拠地を置く大滝組の配下だ。どんな火種が跳ねて、どこが燃えるか。わかったものではない。

日本一の大組織は関西の高山組《たかやまぐみ》だが、ここが内部分裂する噂も尽きず、そうなると勢力を関東へ伸ばすことも考えられる。それに従って金の動きが激しくなれば、違法薬物はいっそう飛び交い、チンピラ同士のケンカが頻発した挙げ句、組織同士の抗争へ行きつく。

そうならないように捜査や逮捕に踏み切り、ガス抜きをさせるのも警察の仕事のひとつだ。その上で、少しずつ力を削《そ》いでいくしかない。

「うちには関係ないですけどね」

火をつけた煙草を吸い、白い煙をもあもあと広げて吐く。

河喜田は少し身体を引いて答えた。

「このあたりは大滝組のお膝元《ひざもと》だから、向こうもやりにくいんだろう。岩下は頭の後ろにも背中にも、足の裏にだって目がついているような男だからな。本郷は、それをよく知っている」

「アンチ岡崎《おかざき》だったんですよね。それにしても、立ち回りが下手すぎると思いますけど」

本郷の一方的な妬《ねた》みだという話は、人輔の耳にも入っていた。

同じ組織にいたふたりだが、本郷は古巣へ戻り、一方の岡崎は若頭職に就いている。若頭補佐の岩下周平《しゅうへい》が金とコネクションで後押ししており、次期組長の呼び声の高い男だ。

岡崎を妬んだ本郷は、三年ほど前、中華街の組織と結託して事件を起こした。大滝組からは追放され、新天地を求めて関西へ向かったはずだが、いまは麻薬密売で関東に舞い戻っている。

「本郷は雑魚《ざこ》だ」

河喜田がはっきりと言い捨てる。

「わざわざ昔の伝手《つて》をたどって、密売のドサ回りをしてるようじゃ、うだつは上がらないだろう。それでも、大滝組に一矢報いるぐらいはできるかもしれないってところだ。本郷は元々、こおろぎ組にいたんだ。事件を起こす前も、大滝組から籍を戻して若頭職に就いていたはずだ」

「こおろぎ組って……」

ふざけた名前に思われるが、元々は賭博《とばく》で鳴らした老舗《しにせ》任侠《にんきょう》団体だ。

「岩下の嫁の……」

「そう」

大輔の返事にうなずき、河喜田は続けた。

「つまり、あの美人嫁の取り合いが発端だ。岩下の結婚問題で困った岡崎が、こおろぎ組の組長が倒れたのを機会に、組から引き抜いて岩下にあてがっただろう。恨んでいたと思うね、本郷は」

「……あります？　そんなこと。男ですよ？」

岩下の美人嫁といえば、岩下佐和紀《さわき》だ。いつも和装で身を固め、黙っていれば眼鏡《めがね》をかけた顔が涼やかで色っぽい。同性だとわかっていても見惚《みと》れてしまう。

しかし、口を開けばはすっぱなチンピラで、血の気も多ければ腕っぷしも強い。岩下の嫁になってからは裏路地を『掃除』するようになり、繁華街で悪事を働くチンピラの数はぐっと少なくなった。女性ひとりで歩ける路地が増えたという噂も聞いている。

「確かに、顔はきれいですけど」

「きれいなだけの肉筒なら、かわいげもあるけどなぁ」

河喜田の顔に、憎々しげな笑みが差し込んだ。

「岩下が後生大事にしているってことは、それだけの人間じゃない証拠だ。顔と気っぷの良さに騙《だま》されて近づくなよ？」

「騙されませんよ……。こわいのは知ってます」

あの岩下を相手にして、手のひらで転がっているだけでもたいしたものだ。

「その美人嫁の世話係に若いのがひとりいるだろう。背格好の似たきれいな男。あれは、北関東にある壱羽組《いちばぐみ》の次男だ」

「……あぁ、あの大学生」

大滝組に出入りする現役の学生だ。実父が栃木にある壱羽組の組長で現在は服役中、代理は長男が務めている。

「組長代理をしている実兄の悪行は知ってるか」

「え？」

「覚えておくに越したことはない。騒動は北関東で起こるだろうが、大滝組の配下でもある。火はどこからでも飛んでくるものだ」

「実兄の悪行ってなんですか」

「……弟に金をたかるんだよ。本人は、そこいらの川端あたりで金を作っている」

食後の一服に気を取られていた大輔は、聞き流しそうになった。ハッと気づいて、素早く振り向く。

「それって……」

「即払いの裏風俗だよ。もらっている給料だけでは足りないんだろう。岩下が気づいているかは不明だが、あの男のことだ。放置するとも思えない……。もしかしたら、利用するかもしれない」

肩を少しだけすくめ、河喜田の手が伸びてきた。大輔の煙草をスッと取り、ひと息吸って灰皿に落としてしまう。

「人生ってのは、なにが起こるか、わからない。人生のパートナーは大事にすることだ」

「……えっと」

話の向きが変わり、大輔は戸惑った。向かい合っている河喜田は意にも介さず、うっすらと笑う。

「足場は固めておくことだ。結婚なんて夢の夢だとしても、お互いの自覚だけが頼みの綱になることもある。……応援してるんだよ」

言葉だけは優しく聞こえたが、河喜田の口調はいつもの平坦さを失わない。嘘《うそ》か本気か、表情を見ても判断がつかなかった。

「外は暑いな……。西島によろしく」

夏生地とはいえ、三つ揃いのスーツを着ていれば当然だ。河喜田はワイシャツの襟元に指一本を差し込み、窮屈そうな浅い息をひとつ残して去っていく。足取りは軽やかで、暑さを感じているようには見えない。

大輔は彼の背中を見送った。じっとしていると肌が汗ばみ、シャツが湿ってくる。

「ん？」

思わず眉をひそめながら首を傾《かし》げた。

最後にちらりと見た河喜田の首に、赤く細い擦り傷のようなものがあったからだ。それはちょうど、襟のふちで隠れる位置にあり、ぐるりと首を巻いていた。まるで、絞められた痕《あと》のようだと思った瞬間、ぞくっと寒気が走った。

「う、わっ……。いやいやいや」

考えない、考えない、と頭の中で繰り返し、髪を振り乱す勢いで頭を振る。

うつむいた足元にくたびれた靴が見え、後頭部をバチンと叩《たた》かれた。

「なにしてんだ。ただでさえ暑いってのに」

「西島さん。いたんですか」

頭を押さえながら視線を上げると、仁王立ちで構えた西島が鼻を鳴らした。

「いたに決まってんだろ。危うく店に入るところだった。……なんで、あいつがいるんだ。おかげで昼を食いそびれたじゃねぇか。おまえもなぁ、あんなのと付き合うな。男がいるだろ、男が」

「べつに……昼を一緒に食べただけじゃないですか。なんか、ちょっと、考えすぎなんだよな」

「お、言ったな。あいつに泣かされても知らねぇからな」

愛想のない口調で返され、大輔の脳裏に田辺がよぎる。しかし、すぐに気がついた。これは河喜田の話だ。

考えすぎているのは自分だと苦笑を噛み殺す。

「それは困ります。……泣かされたりもしないんですけど」

「じゃあ、いいじゃねぇか」

「……付き合うなって言ったのは、西島さんじゃないですか」

なにげなく文句をつけると、西島の平手が飛んできた。こめかみのあたりをかすめて過ぎる。

「逃げんな。あいつ、なんか言ってたか」

「……恋愛相談してただけですよ」

さらっと答えた大輔に対し、西島は目を見開いて後ずさる。

「おまえ……、あいつにそんなこと……。まともじゃないんだぞ」

「性癖が歪《ゆが》んでるだけでしょう」

「それで、じゅうぶんだろ」

「言うことは、いちいち、まともですよ。生活安全課にいるのがおかしいぐらい」

「まともなもんかよ」

西島はそっぽを向き、煙草を一本取り出す。日陰に入り、大輔の向けたライターから火を移す。

「北関東の件なぁ……。ブツの量が半端じゃないらしい」

西島は深く息を吐き出し、汚れた革靴の先でコンクリートを蹴《け》る。大輔はあえて河喜田からの話を伝えなかった。西島なら、すでにネタを摑んでいるかもしれない。

「こっちからも応援を出すことになる」

初めて聞く話に、大輔は身を乗り出した。

「誰が行くんですか」

「それは部長が決めるだろ。……行きたいか？」

鋭い視線を投げられ、大輔は黙った。すぐには答えられない。

以前の大輔なら、田辺をがっちりと摑んだままで自分から応援人員に立候補したかもしれない。しかし、いまはそれができなかった。

田辺は恋人だ。それも、将来を誓った婚約者のつもりで付き合っている。

「そんなに惚《ほ》れて、どーすんだかなー」

西島が煙草の煙をもあっと吐きだす。大輔は不機嫌を装って顔を歪めた。

＊＊＊

蟬時雨《せみしぐれ》が響いて、ポロシャツの首元がびっしょりと濡れる。

台風一過の快晴が広がり、油照りの暑さで墓地の果てにはかげろうが揺れていた。

墓石の前でしゃがんだ大輔は、顔をうつむけたまま、隣に並んだ田辺をちらりと盗み見る。チノパンの片膝をつき、両手を合わせている。白いシャツは汗で濡れて、パーマをかけている前髪のカールも巻きが強い。眼鏡が表情を隠していたが、伏せたまつげは不思議に長かった。

美形だなぁと、先祖代々の墓の前で考え、あわてて両手を合わせ直す。

もう一度うつむき、心の中で挑むようにして父親に訴える。

今度こそ、今度こそ、今度こそ。そう繰り返して、いいヤツなんだ、と付け加えた。それだけの紹介だ。それから、優しかった祖母に対して、ゆったりと祈った。祖父のことも思い出し、煙草の火をつけて吸う。

「こうしてくれって、病院へ見舞いに行ったときに言われたんだ。じいさんの吸ってた銘柄はもうなくなったけど、墓参りしたときにはこっそり吸ってやることにしてる」

まだ濡れている外柵《そとさく》に肘《ひじ》をついてもたれ、青空に突き立つような墓石を眺めた。盆や彼岸に訪れる墓苑は、不思議と明るい雰囲気に満ちている。豪勢に飾られた花が華やかで、人の声も絶えずにぎやかに聞こえるからだ。

田辺が立ち上がり、チノパンのポケットから取り出したハンカチで額の汗を拭う。ふたりがかりで洗った墓石の側面を改めて眺めに行き、ふと気がついたように振り向く。

「大輔さんの名前はもう彫ってあるんだね」

「長男だからな」

答えて立ち上がる。煙草を指に挟み、隣の墓との境に立つ田辺の隣へ並んだ。

祖父母と父親の名前は黒文字で、母親と大輔の名前は赤い文字で刻まれている。

「母さんと俺の名前は、オヤジが死んだときに彫ってもらったんじゃなかったかな。一緒の墓に入る気があるんだと思ってさ、なんか……ジンときたのを覚えてる」

「大輔さんらしいね」

くちびるを引き上げて笑った田辺の声は、穏やかな口調とは裏腹に沈んで聞こえた。

ちらりと横顔を見た大輔は、煙草を遠くへ離す。剝き出しになった肌がじりじりと焦げるような太陽光の熱さに目を細めた。

田辺が振り向き、肩をすくめる。

「俺は、実家の墓には入らない。せっかく縁を切ってもらったし、死んだことも伝えたくない」

「……どうして」

大輔はぽつりと問いかけた。背骨の付け根から緊張感が這い上がり、なにげなさを装うために煙草を吸う。

田辺が家族の話をするのは珍しい。大輔から聞くことはなかったし、話が出ても立ち入らないようにしていた。

「好きだと思ったことが、一度もないからかな？」

自分のことなのに、まるで他人《ひと》ごとの口調で答える。意地の悪い笑みがくちびるの端に浮かび、大輔はうっかり見惚れてしまう。

久々に見た性悪な表情に、懐かしさを覚えた。

「親の愛情はどれも押しつけがましかったし、兄弟との仲は最悪だった。……自分以外はバカだと思っているタイプ」

「おまえも……」

「そう。マウントの取り合いで疲弊する。ろくなもんじゃない」

前髪をかきあげた田辺はあたりを見回した。墓の手入れをする親子連れに視線を止め、苦々しく顔を歪める。そこに嫌悪の色を見た大輔は、煙草を携帯灰皿で消した。

「兄と妹だったよな。おまえの兄弟」

「生真面目が売りの兄と、派手でアバズレな妹。顔はね、俺と似てる。余計に腹が立つんだよ」

「でも、美人ってことだ」

大輔はなるべく明るい声を出した。墓の正面へ回り、もう一度合掌する。

「行こうか。喫茶店に入って、かき氷でも食べよう」

誘って歩き出すと、田辺も墓に手を合わせてから追ってきた。

「大輔さんのお母さんも、俺の顔をきれいだって言うね。……きれいな顔立ち、か。心の中が表に現れない家系なんだろうな」

「あのさ……。べつに、おまえの妹を見ても、そっちがいいとか思わないから。同じぐらい、性格が悪くてもな」

柄杓《ひしゃく》の入った桶《おけ》を下げた大輔は、わざと肩をぶつけにいく。広い通りで並んで歩く田辺は逃げなかった。軽い仕草で大輔を受け止めて笑う。

「その言葉だけで、俺はじゅうぶんだな。……無理して言うことないから」

柔らかな表情で釘を刺され、大輔は不機嫌に片頬を引き上げた。

「それは俺が決める」

今回の帰省で、ふたりの仲をカミングアウトすると告げたとき、田辺は驚きもせずに首を傾げた。その必要があるのかといぶかしがる表情の奥に戸惑いが透け、大輔はいっそう意固地になって田辺を墓参りに同行させたのだ。

「お母さんの気持ちもあると思うよ」

「……俺の気持ちだって、ある」

墓苑の入り口で桶を返却し、大輔は近くにある水道で手を洗った。大木の枝が伸び、心地のいい影を作っている。

ついでに顔も洗い、ズボンの後ろポケットに突っ込んでいた薄いタオルで顔を拭《ふ》く。それを濡らし、田辺へ差し出した。

「豪快だなぁ」

笑い飛ばした田辺は眼鏡をはずしてシャツのポケットへ差し、ぼたぼたと水の滴るタオルを受け取って顔を拭った。

「大輔さんがその気なら、俺は止めないよ。……うまく伝えてくれたらね」

タオルを洗い直して絞り、田辺はしげらく顔を伏せた。

風が吹き抜けて、蝉時雨が一瞬だけ止まる。夏の過ぎていく気配を感じて、大輔は空を見上げた。入道雲は遠くに湧《わ》き立ち、汗がまた額から流れ落ちる。

「おまえの親にだって、挨拶にいく覚悟はあるんだからな」

ぼそぼそと口にした言葉に、田辺が肩を揺すって笑いだす。

「それはね、いくら大輔さんの頼みでも聞けない。俺がこんなに夢中なんだから、あの人たちがどうトチ狂うか、わかったもんじゃない。……会わせるぐらいなら、閉じ込めて外に出さない」

「……いま、本気で言っただろう」

「でも、そういうのは愛じゃないって、教わってるんだよ。俺は」

肩をすくめた田辺は、ひらりと踵《きびす》を返した。出入り口のほうへ軽やかに歩いていく。

そんな話を田辺にするのはひとりだけだ。いまでも田辺が尊敬している兄貴分・岩下周平の教えだろう。

みなぎる威圧感で周囲を圧倒する大悪党だが、身内には意外にも親切で情が深い。とはいえ、舎弟たちへの要求に手加減はなく、上司にはしたくないほどの厳しさも持っている。

田辺が惚れ込んで憧《あこが》れる気持ちは理解できた。

「好きにはなれねぇんだよな」

大輔はぼやきながら歩き出す。田辺に追いついて、渡したままのタオルを受け取ろうとしたが、暑さで狙《ねら》いがそれ、手を摑んでしまう。

蟬の声が盛大に重なって騒がしく響いたが、大輔はなにも戸惑わない。

前から人が来ても田辺の手を離さず、ふたりでふざけてタオルを振る。年老いた夫婦が足を止め、孫を見るような優しい目を向けてきた。


墓参りを終えた足で実家を訪ねると、母親は用意万端で待ち構えていた。

久しぶりに会う息子がかわいいというよりも、ついてきた田辺をちやほやと手を尽くしてもてなしたい雰囲気だ。

やれ、シャワーを浴びろ、麦茶を飲め、と、クーラーをガンガンに効かせた部屋で騒がしく勧める。田辺は嫌な顔ひとつせず、はいはいと言うことを聞いていた。

先にシャワーを浴びて、大輔と替わる。すれ違いさまに「迷惑だろ？」と声をかけたが、半乾きの前髪を指に巻きつけながら「そんなことない」と肩をすくめた。

田辺の実家話を聞いたあとだけに、大輔の心の奥はきゅんとせつなくなる。うるさいぐらいの甲斐甲斐《かいがい》しさが母性に思えるなら、それでいい。いっそ、母親に感謝するぐらいだ。

そう考えながらシャワーを浴びた。

汗も流して、髪も洗い、すっきりして居間代わりの和室へ戻る。海から歩いて十五分の場所にある小さな日本家屋は、大輔が生まれ育った家ではない。母方の祖父母名義だった元・空き家で、父親が他界してすぐにリフォームして引っ越した。このあたりは、両親の生まれ故郷でもある。

「……え？」

襖《ふすま》を開けた瞬間、涼しい風がさぁっと音を立てるように流れてくる。生ぬるい空気の廊下から逃げ込んだ大輔は、肩にタオルを垂らしたまま固まった。

「え？」

もう一度、声を発したのは、座布団の上であぐらをかいて座っている田辺が浴衣《ゆかた》を着ていたからだ。白地に紺色の丸い模様が散っている。温泉の浴衣よりもしっかりした生地だ。糊《のり》も落ちて、くったりとしたいい風合いが田辺に似合っていた。

「大輔の分もあるのよ。せっかくだから、お父さんの浴衣を引っ張り出したの。洗濯はしたから、あんたも着なさい」

さぁさぁと手招きされて、部屋の隅へ連れていかれる。視線で追ってきた田辺は楽しそうに目尻を下げ、されるがままの大輔を眺めていた。

駅前で配っているような安っぽい団扇を手に持ち、仕草だけは優雅に風を送ってくる。

「まだ暑いんじゃないですか」

田辺が話しかけたのは、大輔の母親に対してだ。

「あら、そう？」

ピタリと手を止め、大輔を覗き込んでくる。しかし、あきらめる様子はなかった。

「いいわよね。クーラーでお腹を冷やしたら大変だし」

大輔に着せかけた浴衣は紺地に白抜きのツバメ柄だ。全体にくまなく飛んでいる。

「これはあんたの浴衣よ。子どもの頃、着てたでしょう。近所の友だちに頼んで仕立て直してもらったの」

母親の着付けは、適当かと疑うほど手際がよかった。腰紐《こしひも》がきゅっと結ばれて、帯が巻かれる。

「ちょっとぐらい崩して着てもいいわよ」

シワを取るように背中を撫でられ、大輔は複雑な気分になった。

言わなくてはいけないことが喉までせりあがってくる。去年、初めて田辺を連れてきたときには言えなかったことだ。

「母さん……あのさ……」

「そうそう、スイカがあるのよ」

話し出した大輔の声に、パチンと手を叩く母親の声が重なった。絶妙のタイミングすぎて引き留めることもできず、部屋を出ていく背中を目で追い、呆然《ぼうぜん》とまばたきを繰り返す。

「逃げたわけじゃないと思う」

田辺に言われ、大輔は鼻の頭にシワを寄せながら縁側近くに腰をおろした。庭に差し込む光は激しく、木々の葉はすっかり乾いた色だ。

ぼんやりと眺めながら、濡れた髪に指先を差し込んだ。

田辺を連れてきたのは二度目だ。付き合っていると話すのも、プロポーズをしたと話すのも、いざとなると気が引けてしまう。

本当なら、まずは『男を好きになった』と、性指向の変化を話すべきなのかもしれない。きっと、戸惑うだろう。

仲のいい友だちだと思っていた田辺が、実は恋人だと知ったら、怒るか、泣くか、それとも嫌悪されるのか。反応は想像できない。しかし、自分の戸惑いの理由はわかっている。否定されることがこわいからだ。

それでも、知ってもらいたいと思うのは、ふたりの仲が世間的には認められない同性の恋だからだ。ごく当たり前に結婚するというゴールは望めない。だからこそ、母親には知っておいて欲しい。たとえ、受け入れることができないとしてもだ。

「あら、どうしたの。大輔はなにを拗ねてるの」

戻ってきた母親は、いつもと変わらない様子で笑っている。

田辺にスイカを勧め、続けて水まんじゅうも勧める。麦茶が少なくなったからと部屋を出ていき、戻ってきたかと思うと熱い緑茶をテーブルに並べた。

「そうそう、お土産《みやげ》にいただいたお菓子、あれも開けましょうか」

「クッキーですから、あとで楽しんでください」

テーブルの角を挟んで座る田辺が答えた。

「そう？　食べない？」

「おいしいのは知っているので、是非、お友だちがいらしたときにでも……」

「気を遣ってもらっちゃって、本当にありがとう。……大輔、こっちに来ないの？」

呼びつけられたが、どうにも動けない雰囲気だ。大輔は肩越しにふたりを振り向き、浅い息を吐いた。

「大輔さん、麦茶だけでも……」

立ち上がった田辺が麦茶のグラスを持ってくる。視界の端で浴衣の裾がひらひらと動き、大輔のそばでしゃがむ。差し出されたグラスには水滴がついていた。田辺の指先は長く、太さもある男のそれだ。爪《つめ》はきれいに整えられ、なぜかツヤツヤと輝いている。

「ん……」

受け取ってグラスの麦茶を飲む。

田辺はすくりと立ち上がり、大輔のそばを離れた。

「お母さん、お茶は飲ませましたよ。今日は暑かったし、疲れたんだと思います。大輔さんは、毎日、忙しいですから」

「でも、もう少し愛想がよくてもいいと思わない？」

「親の前で疲れた顔ができるのは、家族仲のいい証拠だと思います」

「……本当に、あなたはいい子ね。助かるわ。大輔なんかのそばにいてくれて」

「立派な息子さんですよ」

田辺の口調には少しの世辞も含まれていない。あまりに真剣すぎて、静けさが走るぐらいだ。

背中を向けている大輔には、ふたりの表情が見えず、田辺の内心は想像できたが、母親のほうは難しかった。なにかを察しただろうかといぶかしみ、肩越しにこっそり盗み見る。

大輔の母親はこちらを向いて座り、緑茶をすするように飲んでから、田辺に対して口を開いた。

「そういえば、この前の件。先方からお礼をいただいているのよ。息子さんたちが来て、菓子折りと一緒に置いていったの。どうしたものかと思うんだけど」

「現金ですか」

田辺はさらりと答えた。ふたりだけにわかる話題があるらしい。

驚いた大輔をよそに、母親がまた話し始める。

「そうなのよ。受け取ったあとに気づいたの」

「ご本人の知らない可能性があるなら、いただいておいてどうですか。お祝いごとのあったときにでも返せば……」

「本人はきっと知らないわ。……そうね、そうしようかな」

「……なにの話？」

大輔はたまらずに口を挟んだ。

ふたりの視線が同時に投げられ、グラスを手にした大輔は室内に向かって座り直す。乱れた裾をぎこちなく引っ張って、剝き出しになりそうな足を隠した。

「全然、話が見えない」

「そりゃ、そうよ。あんたは知らないんだもの。話そうと思ったら、機嫌悪そうに外ばっかり見て」

「まぁまぁ、お母さん」

田辺が割って入り、母親の肩をそっと押さえた。しかし、母親は不満げにまくし立てる。

「疲れたときのあぁいう態度。死んだお父さんにそっくりよ。腹が立つやら、あきれるやら……。背中まで似てきて、嫌になるわ」

「……惚れてたことを思い出すからでしょう」

田辺はふっと笑い、大輔の母親が目を丸くする。緑茶の湯のみを置いて、自分の片頰に指先を押し当てた。

「あら、嫌だわ。そういうことかしら」

さすがは投資詐欺でマダムを騙していただけのことがあった。いつのまにやら、母親と慣れ親しみ、色っぽいような冗談も交わせる仲になっている。

「どういうことだよ」

浮かれ気分の母親を軽く睨み、大輔は先を急がせる。

「六月頃だったかしら。お友だちの家で話をしていたら、息子さんから電話がかかってきたのよ。会社のお金を落としちゃったって話でね……。このままだとクビになるかもって聞いて、友だちがあわてにあわてちゃって」

「……それ」

途中で話を切ろうとしたが、田辺から指先で止められた。母親が話し続ける。

「息子さん、大阪にいるんだけど、すごく苦労して頑張ってるのよ。そこをクビになるだなんて聞いたら、びっくりするじゃない？　また電話がかかってきて、とりあえず五十万あればいいんだって言うのよ。会社の人が」

「会社の人が……」

大輔はオウム返しで口にした。これは、どう聞いても『振り込め詐欺』だ。

もちろん、大輔はピンとくるが、母親の年代の茶飲み友だちはすっかり信じてしまったらしい。

「営業所から人を回しますって言われたのよ。一緒に銀行に行きますって」

「それで？」

大輔はわざとらしく身を乗り出した。まだ、田辺の名前が出てきていないからだ。

「それでね、おかしいと思ったのよ、私は。友だちは絶対に違うって言うけど、これはオレオレ詐欺だわと思って、すぐに電話したの」

「誰に……」

「田辺さんに」

「……俺でもなく、警察でもなく、田辺に」

「だって、大輔は忙しくて電話に出てくれないし、本当に息子さんの不祥事なら警察には言えないでしょう。田辺さんなら、五分以内に折り返してくれるから」

思いがけない新事実だったが、動揺は見せずに言い返した。

「ということは、けっこう電話をかけてるわけだ」

「そうでもないわよ」

母親がちらりと田辺を見る。視線を微笑みで受け止めた田辺がうなずく。

「俺からも電話しているので」

「……あぁ、そう。いつも面倒かけて悪いな……」

「話を聞いておかしいと思ったので、すぐに警察へ連絡するよう、伝えました」

田辺が答えると、母親は両手を胸の前で握り合わせた。

「言われた通りにしたら、警察がすぐに来てくれたのよ。裏側から家へ入ってもらって、犯人ともやり取りを続けて……。それで、どうなったと思う？」

「ここで、質問タイムかよ。……犯人が訪ねてきて、無事に逮捕された？」

「そう！　そうなのよ！　すごくドキドキしたのよ」

「……そういうのは、すぐに一一〇番でいいんだって。まぁ、騙されなくてよかった」

「本当よねぇ、考えると、こわくって。……町内会の寄り合いでも話をして、私たちよりも年配の方が騙されないように、戸別訪問でビラを配ったりもしたのよ。田辺さんが作ってくれて」

「……たいしたことじゃないから」

照れたように目を細めた田辺は、指先で浴衣の衿《えり》をなぞる。なにげない色っぽさにやられかけた大輔はハッと息を呑んだ。

「おまえ、手伝った……？」

「暇だったから」

「なんで、言わねぇんだよ。信じられない」

「仕方がないでしょう。あんたは忙しいんだから。代わりに来てくれたのよ」

母親がテーブルへと身を乗り出した。

「田辺さん、すっごい評判がよかったんだから。私思わず、息子同然なんです、なんて言っちゃった。うちは孫もいないし、離婚しちゃうし、肩身が狭かったけど、これですっきりしたのよ」

まっすぐに向けられた母親の言葉に、大輔は意外なほど傷つかなかった。いくら親子でも、母親と自分の人生は別物だ。大輔は割り切った生き方ができても、母親のほうはまだ割り切れない価値観の中で生きている。

「べつに、田辺さんの顔を自慢して歩いたわけじゃないのよ。私みたいな独居のおばちゃんを気づかってくれる人がいるだけでも大きいの」

「だからこそ、気をつけてくださいね。便利屋気取りで入り込んでくる若い男もいますから」

詐欺の世界で生きてきた田辺は、しごくまっとうな口調で大輔の母親を諭す。

「本当ね、気をつけるわ」

母親は素直にこくこくとうなずいた。

「なにかあれば、すぐに電話してください。この前も、連絡をもらえてよかったです。知り合いのことだとしても、詐欺に遭うのを間近に見れば、ショックですから」

「ありがとう。親子ともどもお世話になります。ほら、大輔もお礼を言って」

「え、え……？　母親が、お世話になりまし、た……？」

大輔がたどたどしく口にすると、母親はころころと声をあげて笑いだす。

「そこは『サンキュー』とかで、いいんじゃないの？　あんたって、変なとこで生真面目ねぇ。先々が心配だわ。……一緒に暮らしてくれたら、安心なのに。べつに食事なんて放っておいていいのよ。死なない程度に様子を見て欲しいわ」

「それは、いまでも」

田辺が笑い、母親は満足そうにうなずく。

「お世話代はきちんともらってちょうだいね。無償はダメよ」

「なんの、話……」

話についていけなくなり、大輔は重いため息をつく。母親は確実になにかを察している。しかし、核心には触れようとしない。

「俺と田辺を、くっつけようと、してる……？」

考えが口から出てしまう。田辺が驚いたように振り向き、母親はあきれた顔で小首を傾げた。

「なに言ってんの……。とっくに……あ、いけない、スイカがあるんだった」

「そこにありますけど？」

大輔は震える声で言葉を返す。母親がバツの悪そうな表情でうなずいた。

「あぁ、そう、そうね……。私、はっきりしたことは聞きたくないのよ。一緒に暮らして、落ち着いたらまた教えて」

「それって」

息子の同性愛が許せないのだろうかと、冷や汗が背中に走る。拒絶も嫌悪も覚悟はしている。しかし、田辺に聞かせることは忍びない。

それでも、今日、話すと決めたのは大輔だ。

「……別れ話を聞くのが嫌なのよ」

身体ごと横を向いた母親が言う。

「あやちゃんがうちの子になってくれるなら、それは『ずっと』でお願いしたいの。前みたいに、それぞれの都合でいなくなってしまうのはつらいから」

膝の上で指をいじりながら、まるで少女のようにくちびるを尖らせた。見たことのない表情だと思いながら、いつか見たとも思う。心が遠くに流され、懐かしさが胸いっぱいに広がってくる。

「……わかった」

離婚は当事者たちの問題だが、田舎暮らしをしている家族にはそれなりの世間体がある。もちろん男同士で肩を寄せ合って生きることも、世間体の良し悪しでいえば後者だ。しかし、都会に出て戻らない息子が、面倒見のいい友人と共同生活しているぐらいならかわす自信があるのだろう。

大輔は深くうなずき、はたと動きを止めた。いまさら、母親のセリフの一部分に引っかかる。

「ん？　母さん、いま、なんて……？」

「あら、いけない。いつもの癖が出ちゃったわ」

わざとだろう。舌をペロッと出して、すぐに口元を押さえる。

「大輔になんて呼ばれてるのか、聞いたのよ。本当の名前はジュンジ君よね、素敵な名前だと思うけど。あんまり好きじゃないって言うから」

「……おまえ」

大輔はぐっと言葉を飲んだ。田辺をじっと見つめる。

「つい、うっかり……」

困り顔は本物だ。そしてどこか嬉しそうにも見えた。

「呼び捨てるのは、あんただけなんだからいいじゃない。うちでは『あやちゃん』よ」

「そんなの、女みたいだろ」

「そういうふうに思うからでしょう。ひどいわね。愛称に女も男もないわよ。我が子ながら、硬いわ。どうせ、私の前で呼ぶのか恥ずかしいんでしょう」

「お母さん、大輔さんが困るので……」

「あやちゃんは優しすぎるわよ。三宅《みやけ》の家の男に、優しくしすぎたらダメ。私も苦労したんだから」

「その話はまた聞きます。……今夜はなにを食べに行きますか」

笑った田辺が話を変える。

「寿司」

仲よさげなふたりに向かって、大輔はぶっきらぼうに言い放った。母親は吹き出して笑う。言いたいことはわかっている。父親の口調と仕草、そのままだ。

「お寿司は出前で頼んであげる。でもね、私はピザが食べたいのよ。ひとりだとなかなかたくさんは頼めなくて……。チラシを溜《た》めてあるの、待っててね」

いそいそと立ち上がり、襖を開けて出ていく。閉まるのと同時に、田辺が立ち上がった。

「……ごめん。そんなに拗ねるとは思わなかった」

「べっつにー」

あぐらに頬杖をついてそっぽを向く。

「俺があんたのことを好きだって、それだけは伝えてたんだよ。あとは、見透かされてただけ」

田辺が正面にしゃがんで言う。大輔はくちびるを尖らせ、声色を曇らせた。

「また、はっきり言えなかった」

「お母さんのほうが一枚上手だ。……譲ってあげたら？　息子のことは誰よりもわかっていたいんだよ。俺は、そういうふうに大輔さんを愛してる、あなたのお母さんが好きだよ。どうしてだか、わかるよね」

指先がそっと、大輔のあご裏を撫でた。誘われて顔を上げる。

「母親の愛情に飢えてるわけじゃない。あなたのお母さんだから、大事にしたいだけ。……好きだよ」

「……やめろ。勃つ」

「俺はもう、浴衣姿にメロメロになってる。お母さんに深く感謝してるぐらい……」

「バカ」

「俺のこと、気にしてくれてありがとう。伝えようとしてくれたこと、嬉しかった」

「言えなかったんだぞ」

「言おうとしてくれたことが嬉しいから、止められないんだよ。愛されてるってわかるたび、どうしようもないんだ」

「あや……」

自分だけの呼び名を口にして、『ちゃん付け』はノーカウントだと思い直す。

「うん、大輔さん」

浴衣を着た田辺の微笑みが眩《まぶ》しい。大輔は表情を引き締めて言った。

「結婚式して、一緒に暮らしたら、その報告は俺がする」

「メールでもいいんだからね」

「それは」

「口下手なんだから、無理はしないんだよ。お母さんには、それでいいんだ」

「……詐欺師ほど、なめらかな口になれるわけないだろ」

「くちびるをくっつければ、少しはよくなるかもね」

「……へー、そうか。じゃあ、やって」

軽く睨みつけて、わざとくちびるを尖らせる。

浴衣の裾をきちんと直してしゃがんだ田辺が顔を突き出して応《こた》え、くちびるが音を立てて触れ合った。それと同時に体勢が崩れ、大輔がとっさに支えたが間に合わない。ふたりは笑いながら畳の上に転がった。

「あら、まぁ。仲良しね」

チラシを手に戻ってきた母親が目を丸くする。しかし、ふたりのじゃれ合いにはたいした興味を見せず、テーブルの上にチラシを広げて大輔を呼んだ。

「ねぇ、大輔。あんたはなにが食べたい？　お父さんが好きだったヤツ、覚えてない？　いくら考えても思い出せないのよ」

「食べてるのを見たことないけど」

「えーっ！　そんなことないわよ。小さい頃、食べたじゃない。大輔はいっつもコーンマヨだったけど。あやちゃんは好みあるの？」

浴衣の乱れを直した田辺は、ふと遠い目をした。大輔がとっさに手を握ると、目を伏せてうつむく。

「こういう普通っぽいの……、経験がなくて」

「育ちがいいのね」

大輔の母親が優しく声をかけ、大輔は黙った。

その瞬間に、これからもっと、田辺のことを知らなければいけないと痛感する。その覚悟が伝わるようと願いながら手を強く摑んだ。

母親の前でも迷いはない。言葉にするより態度に出すほうが、いまは楽だ。

「一枚、見せて」

大輔はその場から手を伸ばし、宅配ピザのチラシを一枚受け取った。

＊＊＊

この一年半、大輔の母親を籠絡《ろうらく》することに関して、田辺はさまざまな策を巡らせた。

もちろん、昔取った杵柄《きねづか》というやつだ。

人格を偽ったり、親切にしたり、贈りものをしたりして、少しずつ距離を縮め、田辺からご機嫌うかがいをしなくても、向こうから相談してもらえるまでになった。上流階級の奥さまたちを騙すのと、基本は変わらない。

違うのは、決して詐欺を仕掛けて金を巻き上げたりしないところだ。

大輔の母親はからりとした性格だが、少しだけ人の話を聞き流すところがある。気づくたびに、大輔の肉親である実感が湧いて、連絡を取るほどに親近感が増した。

田辺が惚れ込んでいることには同情的で、ゲイの生き方について聞かれたこともある。同性愛に嫌悪感を示すことはなかったが、理解できないという態度はいくらも見せられた。初めのうちは、大輔の悪いところばかりを並べ、どうにかして田辺をあきらめさせようとしていた気もする。しかし、自分の息子を任せるのに足る人物かどうか、母親の目でじっくり検分された感も否めない。

いつ認められたのかはわからなかった。

イタリアンを出すレストランの片隅に座り、田辺はひとりでメニューを眺めていた。呼び出しの連絡を寄越した岡村《おかむら》は、まだ現れていない。

久しぶりのランチミーティングだ。かつてのような情報交換は成立しないが、岡村と会えば岩下の動向が探れる。向こうに利のないことが気にかかったが、誘われたのだから、それなりの思惑があるのだろうと割り切った。

岩下の舎弟であり、三羽烏《さんばがらす》のひとりと称される岡村慎一郎《しんいちろう》は、岩下がシノギのひとつとしてきたデートクラブの社長職を譲られている。資産はそっくり、岩下の嫁・佐和紀の活動資金になるのだろう。そう考えると、岡村は実にうまく立ち回っていた。

岩下の直接支配から軸足をずらし、嫁の資産管理の立場に移行した。つまり、独立の一歩手前だ。おそらく上納金を納める必要はない。岡村自身がひそかに望んでいる通り、佐和紀専属の金庫番になれるわけだ。

「マジかよ」

いま、この瞬間に実感して、思わずボヤキが漏れた。

田辺と岡村のスタートラインはほぼ一緒で、兄貴分である岩下からはさんざんに鍛えられた。普通なら嫌になって逃げ出すようなことはさまざまにあり、この道に入ったことを後悔したこともある。

それでも、田辺は独立の道を認められるまでになり、詐欺をシノギに高額の上納金を支払ってきた。一方の岡村は、岩下のそばに留め置かれ、上納金なし・小遣い制のカバン持ちになったのだ。当時、ふたりの扱いを雲泥の差だとあざ笑う舎弟もいたが、岡村は朴訥《ぼくとつ》とした男の素振りで岩下に仕え続け、もっとも近くに控える男になった。

岩下の舎弟のうち、三羽烏と呼ばれたのは、カバン持ちの岡村と新入りの教育係の三井《みつい》、そして事務所詰めをしていた石垣《いしがき》だ。やっていることだけを聞けば、たいした三人ではない。けれど、岡村は金庫番の窓口であり、三井は新入りをうまく手懐《てなず》けて脱退させず、石垣に至っては本人が麻薬製造で前科をつけているほどの秀才だ。

まわりから特異な存在と見られたのもうなずける。そしてその三人が、そっくりそのまま、新妻・佐和紀の世話係になった。

岩下がどれほど佐和紀をたいせつに扱っていたかがわかる。当時の舎弟のすべてが、即座にそれを理解した。男嫁という、どう考えても理解不能のシステムを、飲み込んで受け入れるしかないという現実とセットだ。

田辺は、若頭・岡崎がこおろぎ組の出身であり、佐和紀に目をかけていたことを知っていたから、岩下との結婚はカモフラージュで、そのうちに岡崎へ差し出されるのではないかと考えていた。それまでにも、岩下が仕込んだ女を愛人として囲っていた過去があるからだ。岡崎に限ったことではなく、大滝組幹部の多くが同じことをしていた。

岩下の仕込みを受けた男女は、驚くほど床上手になる。必ずしも岩下本人が挿入するわけではないので、幹部の妻が床指南を受けるために預けられた話も聞いたことがあった。

男女の仕込みを手伝わされた過去がよみがえり、懐かしく、そして苦々しく胸が疼く。

そんなことを思い出していると、同じ苦労をともにした岡村が現れた。

遅れたことを詫《わ》びる挨拶をさらりと口にして正面に座る。

今日は、山の手マダムが溢れるレストランでなく、ランチタイムでも静けさが満ちた高級店だ。テーブルとテーブルのあいだは離れていて、よほどの声で話さなければ、隣の会話は聞こえてこない。

「今日は俺の奢りだから、好きなものを頼めばいい」

岡村に言われ、田辺はにやりと笑い返した。

「ワインも？」

「……俺も飲もうかな。コースはやめて、アラカルトを頼もう。適当に見繕ってくれよ」

岡村がそう言うときは、押しつけられたのではなく、センスを信用されている証拠だ。

ときどき、こういうことがあるので、田辺は遠慮なく、上位クラスのワインとアラカルト料理を選んだ。

「俺に選ばせて、味見しておくつもりだろう」

オーダーしたあとで言うと、岡村は当然だと言いたげにうなずいた。

まず間違いなく、佐和紀を連れてくるつもりだ。

「新条《しんじょう》の好みも考慮すべきだった？」

佐和紀の旧姓を口にする。田辺は結婚後も呼び名を変えたことがなかった。

「あの人の好みなんて知らないだろう」

田辺を見た岡村の目が冷たく冴《さ》える。

「まだ誤解がとけないみたいだから言っておくけど、いじめてきたわけじゃないんだからな。跳ねた上前だって、治療費みたいなもんだ」

　佐和紀を慰みものにしてやろうと企《たく》んだことが幾度かあったが、そのたびに抵抗され、ひどい目に遭ったのは田辺のほうだ。おかげで肩には脱臼癖がついている。

「あの人を怒らせるようなことをしたんだろう。自業自得」

「俺のなにが気に食わなかったんだろうな。素直に転がってれば、いい思いさせてやったのに」

　悪友に対する嫌がらせまじりの軽口を叩きながら、大輔には聞かせられない会話だと思う。また誤解されて、言い訳に苦労させられる。

「おまえのいいところは顔だけだ。その顔が好みじゃなかったんだろ」

　岡村の返しも辛辣《しんらつ》で、田辺は顔を歪めながら肩をすくめた。

「『あの人』が好みだって言うなら、俺とは路線が違う」

「……それだけじゃないだろう」

　岡村はかすかに笑い、テーブルの端を叩く。

　色事師の仕込みを一緒に受けたが、才能があると認められたのは岡村のほうだった。さりげなく、そこを指摘される。

「下手じゃない」

「それは知ってるけど、性格の悪さも見抜かれてたんだろう」

「組に入れる金ぐらいはやるつもりだった」

「本人に稼がせて、か……」

「いい金になったと思うけどね。顧客はついてたみたいだし。……っ」

言いすぎたのだろう。岡村の靴先が飛んできて、足を蹴られた。すかさずやり返すと、しばらく、テーブルの下で靴先の応酬になる。どちらからともなくやめたのは、あまりに子どもっぽいと気づいたからだ。

ちょうどいいタイミングでワインも届く。

「それで、仕事のほうは……？」

岡村に切り出され、ワイングラスに注がれたルビー色を眺めながら答えた。

「おかげさまで」

答えはそれだけだ。悠護《ゆうご》の下へ入ることは話してある。だから、それ以上を話す気はなかった。

「金になるんだろうな」

「……なにの心配だ」

田辺が視線を向けると、岡村はワインをひとくち飲んでから答えた。

「タカられたら、困る」

「おまえには借りに行かないから、心配するなよ」

「……貸すほど持ってない」

うそぶいた岡村は、ふっと息を吐く。

そんなことは嘘だ。デートクラブの社長職はかなりの高給取りに決まっている。

中身のない話をしているあいだに、アラカルトで頼んだ料理が運ばれてきた。好きに食事をして、ワインを飲む。

「金に困ってないなら、なにを報酬にするのかは知らないけど……、頼みごとがいくかもしれない」

岡村に言われて、田辺はこのあたりが今日の本題だとアタリをつける。

「新条から？」

聞き返すと、思わぬ答えが返ってきた。

「そこに気を遣った旦那《だんな》から」

「……マジか」

つまり、岩下から頼みごとが流れてくるという忠告だ。

「内容は知ってんの？」

「だいたいは……」

言葉を濁す岡村を見て、田辺は眉をひそめた。直感がチリッと音を立てた気がした。

「待てよ……。これ、忠告じゃないんだな？」

口に運びかけた生ハムを取り皿に戻して息をつく。

岡村へ視線を向けると、うなずきが返ってくる。

「様子を見てくるように言われたんだ」

「つまり？」

「断れるってことだ。……どうする？　あらましぐらいは聞いておくか。それともここで終わっておくか」

「……あらましを聞いても断れるのか」

慎重に確認しながら、岡村の表情を観察する。岩下が金かそれ以外で報酬を出す気でいるような案件だ。義理や情に流されて、いい顔はできない。

「かまわないって言われてる。ただ、俺としても、おまえに頼みたい」

「聞かない……ほうがいいような気がするなぁ」

本音が口をついて出た。おそらくはヤクザの揉めごとが絡んでくる。カタギになった田辺だからこそ担げる片棒があるのだ。

「これでも、カタギになったばっかりだ。あの人に迷惑はかけられない」

「……あぁ、恋人か」

岡村は心底から興味のない顔で、ワイングラスを口元へ運ぶ。田辺もワインを飲む。

グラスが空になると、ウェイターがすかさず近づいてきた。それぞれのグラスへワインが注がれる。

「わかるだろう」

田辺は、ウェイターが離れてから言った。誰のためにカタギとなり、保身に務めているのか。それはすべて刑事を続けている大輔のためだ。

「もちろん、わかってる。でもな……、おまえが受けないとなると、直接、その恋人のところへ話が行くけど……そっちのほうが避けたい事態だろ？」

「は？」

思わず声が低くなる。岡村は、珍しく申し訳なさそうな表情になった。

「あの人からは、おまえの状況を確認してこいと言われただけだ。……おまえと恋人と、どっちに持っていって欲しいかって確認だと思う」

「あらましは？」

聞きながら、額に指先を当てて目を閉じる。田辺は静かに返答を待った。選択させてくれるだけ、岩下は優しいのだろう。そう思うしかない。

「佐和紀さんのそばについてる若い大学生を、普通の生活へ戻してやることになった」

「あぁ、あの小ぎれいな……。べつに、縁を切ってやればいいだけだろ。……とはいかないから、俺とあの人が必要なのか」

「親が北関東のヤクザだ。兄がひとりいて、執着がひどい。だから、警察に保護して欲しいんだ」

「それだけ？」

拍子抜けするほどまともな案件だ。

「俺から言えるのは」

と答えた岡村の様子からして、まだ裏はある。

「俺が断ったら、誰があの人のところへ話を持っていくことになる？　おまえ？」

「直々にお出ましになると思うよ。姉《あね》さんか、それとも」

「……どっちも、嫌だな」

心底からうんざりする。大輔がひとりで呼び出される可能性を考えると、いまから落ち着かない気分だ。

岩下も困るが、佐和紀が相手も困る。どちらも大輔には近づいて欲しくない。

「わかった。俺が引き受ける」

「じゃあ、そう伝えておくから」

岡村はにこりともせず、静かにうなずいた。朴訥なふりをして他人を欺いているが、本当は思慮深くて頭のいい男だ。岩下のカバン持ちとして吸収してきた処世術も隠し持っている。生きる世界の足場がそれぞれ違っても、敵にはしたくないと思ってきた。

これまでもこれからも、互いの足元を見ながらドライに付き合う悪友でいたい。

「その大学生の兄貴ってそんなに執着するのか。弟のこともヤクザにしたいとか？」

「……金ヅルなんだ。裏風俗に売られたこともある」

「久々に、ガツンとくるエグさだな。それにしては、スレたところの少ない美人だ。いっそ、デートクラブに所属させたら……ダメか。新条のお気に入りなんだな。そっちは納得済みなのか」

「前途有望な大学生だ。本人が普通の生活に戻りたいと言ってるんだから、引き留める人じゃない」

「なるほど。……そういうことか」

世話係の将来を心配する嫁のため、岩下が動くことになったのだろう。

「詳しいことは、後日、改めて」

そう言われた瞬間に、岩下との面会が確定する。久しぶりに顔を合わせる緊張感にいまから苛《さいな》まれ、ワインを飲むピッチがあがった。

岡村に明かされていない事実があれば、また即興で対処しなければならない。岩下の威圧感は異常だ。少しでも気をゆるめたら、雰囲気に飲まれてしまう。

やけ酒を飲もうと決めた瞬間、テーブルに置いていた携帯電話が震えだした。着信の相手を画面で確認してから、岡村に中座の断りを入れて立ち上がる。

「すぐに戻る」

ひと言残して、店の外へ出た。

携帯電話の画面に表示された名前は、大滝悠護の連絡先にあてている偽名だ。

応対に出ると、朗らかな声が聞こえてきた。

「すみません。日本語でお願いできますか」

流暢《りゅうちょう》なフランス語に対して、丁重に願い出る。せめて英語がいい。

『あぁ、悪い』

悠護は悪びれるでもなく、日本語へ切り替えて笑い声を響かせた。

世界のどこから電話しているのか。悠護と電話で話すたびに考える。けれど、めったに尋ねない。聞く必要のないことだ。

『あのさぁ、前に話してたバーベキュー。八月の終わりにやるから例の彼を連れてきて』

いきなり言われても驚かない。悠護の性格や行動パターンは知っている。

「向こうの休みと合えばいいんですが……」

『そこは病欠させても連れてくるところだろ。まぁ、いいけど。こっちも調整してみるから、向こうの休みを確定させて』

「わかりました」

『そういや……さぁ、岩下とは会ってんの？』

「いえ、こうなりましたので」

答えながら、あたりを見回した。レストランは石塀に囲まれ、丹精された庭木の枝が繁《しげ》っている。人影はなく、駐車場の入り口が見えるばかりだ。

『北関東のほうがややこしいんだろ？　おまえに頼みたいことがあるって、俺にも連絡が入ったから。いい感じに……な』

外堀はすっかり埋められている。岩下の手回しにぬかりはなかった。

岡村を差し向けて事前に知らせたことさえ、優しさではなく脅しに取ることはできる。やはりヤクザだ。利害を秤《はかり》にかけるのではなく、自己の利益のためだけにブルドーザーのような強引さで攻めてくる。

「わかりました」

悠護に対して答えながら、背筋を伸ばして髪をかきあげた。柔らかな手触りが揺れて、大輔の仕草を思い出す。

何度も飽きずに田辺の髪を指ですき、大きくあくびをして眠りに落ちる。男性的な雑さだ。田辺を抱き枕《まくら》にして、モシャモシャと髪を食《は》むこともある。

百年の恋も冷めると苦笑しながら、田辺の心はいつでも熱く痺れていく。

代謝のいい肌が汗ばむ感触を指先によみがえらせ、強くならなければと誓う。

電話を切って、夏空を見上げた。

性悪でよかったと、心の奥底から実感してくちびるの端を曲げる。だからこそ、大輔の代わりに背負えるものがある。自負を新たにして、クーラーの効いたレストランの中へ戻った。

＊＊＊

日時の調整は思いのほか、うまく進んだ。田辺が世話になる雇い主に会うと知り、大輔は候補の日時をみっつも作ってきた。

そのうちの一日に決まったが、バーベキューの開催場所は河口湖畔《かわぐちこはん》の貸別荘で、その日のうちに帰宅することはできないとわかった。車で移動することになるから、ふたりのうち、どちらかは酒が飲めなくなる。

悠護が運転手付きの車を用意すると言ったが、田辺は丁重に断った。大輔の精神的な負担は少ないほうがいい。場所を確認して、近くの貸しコテージを押さえ、翌日の朝に横浜へ帰ることにした。大輔の仕事があるからだ。

バーベキュー会場となる貸別荘までの送迎は頼み、愛車を置いて現地へ向かう。ショートスリーブのVネックパーカーを着た大輔は、案の定、口数が少なく、ナーバスな緊張感がぴりぴりと伝わってきた。

「わりといい雰囲気だから」

田辺が声をかけても、答えは返ってこない。大輔の視線はまっすぐに前を向いたままだ。

クーラーの効いた迎えの車が、午後の木立を抜けていく。夏も盛りを過ぎていたが、木漏れ日はまだ白く輝いていた。

車内には洋楽ポップスが流れている。明るく陽気でオシャレだ。それが不機嫌にも見える大輔の雰囲気にそぐわなかった。

運転席でハンドルを握っている女性がミラー越しにチラリと視線を向けてくる。大輔を心配しているのが、目元の表情でわかった。彼女の名前は『小百合《さゆり》』だ。悠護が日本に来るときに、あれこれと手配をする秘書的な立場の女性で、田辺が何度か参加したバーベキューでも常に裏方を取り仕切っていた。

清楚《せいそ》な顔立ちを裏切らない物静かな物腰で、すべてにおいてさりげない。いるか、いないのか。存在を消してしまうこともよくあった。

今日は、長い髪を少し残してアップにまとめ、長袖のリネンシャツをすっきりと着こなしている。その姿からは、裏社会の匂いがいっさいしない。

だからといって、クリーンかどうかは不明だ。悠護も見た目は陽気なパーティーピープルだが、育ちはカリカリのヤクザ一家で、腹の中は真っ黒なタイプだから、推して知るべしだと田辺は思う。なにひとつ、安心はできない。

けれど、疑ってかかれば、悠護には伝わってしまう。難しいところだ。

これまでの田辺は、岩下と悠護のあいだを繋ぎ、伝書鳩《でんしょばと》のような御用聞きに徹してきた。

その付き合いがあったので、大滝組からの足抜けと合わせて世話になりたいと願い出たときも、ほとんど条件をつけずに受け入れてもらえた。心底からホッとした気分がよみがえってきて、リングをつけた左手の指が大輔を求める。

さりげなくシートの上を這わせていくと、大輔の指も近づいてきた。指先は汗ばんでいて、急に大輔が不憫《ふびん》に思えてくる。

「小百合さん、車を停《と》めてもらえますか」

田辺が声をかけると、大輔の指がびくっと震えた。

車は静かに速度を落とし、道の端へ寄る。後続車はなく、向こうからもやってこない。

「外に出ていますから」

柔らかな声が、硬く張り詰めた車内の空気をわずかにゆるませる。パタンとドアが閉まり、華奢な身体つきの小百合がフロントグラスの先に見えた。

「……大輔さん。無理しているなら、引き返そう」

「気を回しすぎなんだよ、おまえは」

はぁぁぁっと深い息を吐き、大輔はうなだれた。次の瞬間には、田辺の手を強く握ってくる。

「陽気な男なんだろ？　なにを考えてるのか、ちょっとわからないぐらいの」

「……うん」

バーベキューのなごやかな雰囲気も、それを主催する悠護の人となりも説明はしている。しかし、これは大輔のお披露目だ。悠護がどんな態度に出てくるかまではわからない。もしかしたら、大輔を試すような嫌味な態度を取ることもありえる。

「俺よりも、おまえが緊張してんだろ。うつるんだよ……。そういうの、わかるから」

「……俺？」

まるで自覚がなく、サファリ風のリネンシャツを着た身体ごと大輔へ向ける。

「そう、おまえ。……上司に嫁を紹介するヤツだって、そこまでは緊張しない」

「してるつもりはないんだけど……。大輔さんの緊張が、俺にうつってるんだと思う」

「……俺だって、平気だよ」

「じゃあ、嫌じゃない？」

「嫌なら、もっと早く言ってる。おまえのために来たと思ってんだろ。それもあるけど、これは俺のためでもあるんだから」

「大滝悠護に会うチャンスだから？」

田辺はひっそりと問いかけた。

悠護は、大滝組組長・大滝護《まもる》の息子にあたり、実家と縁を切りながらも金だけはひそかに流している。警察も勘づいているが、確かな金の流れを掴むことができていなかった。

「今日は、そういうつもりで来てない」

硬く生真面目な声で大輔が言う。田辺の保護者のつもりでいるのだろうが、顔つきは刑事そのものだ。

「……キスがしたい」

大輔に握られた手が汗ばみ、田辺はたまらずに身を寄せた。

確かに、ナーバスになっている。警察官である大輔と、大滝組を陰でバックアップする悠護を会わせる危険性を考えずにはいられない。

「おまえ……、いまはやめろ」

外にいる小百合の視線を気にした大輔は身をよじらせた。シートベルトをはずした田辺は、問答無用で追いかけ、覆いかぶさるようにしてくちびるを寄せる。

「あ、やっ……」

「ごめん」

名前を呼びながら逃げる顔を手のひらで引き寄せ、くちびるを合わせる。舌では開かないのを、指先でこじ開けた。

「ん……っ」

大輔は一瞬だけ大きく目を見開き、田辺を凝視した。しかし、すぐに目を伏せた。ほんのわずかな時間だった。なにもかもを田辺の好きなようにさせて、最後は握った手を揺さぶって終わらせる。

「信じられねぇな、おまえは……、もう……っ」

怒ったように言って、握っていた手を田辺のワイドパンツへ投げ捨てる。それから、窓を開けた。

「すみませーん！　もうだいじょうぶです！」

大声を出して小百合を呼び戻し、正面を睨んで言った。

「言っとくけど、大滝悠護と仲良くなるとか、繋ぎを取ろうとか、そんなことはいっさい、考えてないから」

窓を閉めて、小百合が車内へ戻ってくるのも気にせずに続けた。

「俺はいま、バーキューの肉のことしか考えてない。……大滝悠護なんかな、岩下と変わんないんだよ。手柄にしようなんて気持ちで近づいたら、骨の髄までしゃぶりつくされる……。だから、おまえの背中に隠れて肉を食う……。あと、ビール……」

大輔の宣言を聞き、車を出そうとしていた小百合が動きを止めた。ハンドルに顔を伏せて、肩を揺らし始める。笑っているのだ。

「旨味《うまみ》が詰まった赤身を選びましたから。たくさん、どうぞ……」

明るい口調で言われて、大輔の横顔がパッと輝いた。満面の笑みを眺めながらシートベルトをつけ直し、田辺はおもしろくないような気分で黙る。

ミラー越しに向けられる小百合の穏やかな視線にも居心地が悪くなった。

「俺、どっかで会った気がする……」

丸太を切って作られたテーブルとベンチに座った大輔が声をひそめた。顔にかけたミラーサングラスに、肉の山盛りに載った皿と生ビールが映る。

「資料の写真とか？」

答える田辺もサングラスをかけ、手元にはビールジョッキを置いていた。

ふたりが到着したときにはすでに肉が焼きあがり、どこの誰だかまるでわからない参加者たちの多くがビールで出来上がった状態だった。

どの方向から見ても、陽気なパーティーピープルの集まりだ。このあと、湖に飛び込むと言われても不思議に思わないテンションの高さが蔓延《まんえん》していて、スピーカーで流しているダンスミュージックに合わせて踊る参加者も目立つ。

人数はザッと見て十人以上。男女比はほぼ同じで、年齢層は二十代から三十代後半だ。

悠護は肉を焼き続けていて、大輔との挨拶はあっけないほど簡単だった。お互いに名乗り合っただけのことだ。

「昔の写真は見たことがあるけど、あんな感じじゃなかった。一応、部外者ってことになってるし、普段は海外《そと》にいるだろ。話題にもならないし、触るなって言われてる」

「まぁ、そうだろうね」

悠護にはさまざまなコネがあり、他人が全貌《ぜんぼう》を知ることは不可能だ。

海外のさまざまな都市間を飛び回り、セレブのパーティーに顔を出す。そして、摑んだ情報を元に株や為替をトレーディングする。動かす金は顧客のものだ。情報のいくらかは、岩下が抱えるトレーディング会社にも流れていた。

もちろん、大きな利益を上げるばかりではなく、あてがはずれて損を出すこともある。

「気のせいかな」

首を傾げながらも、大輔は次から次へと肉を食べていく。ビールの飲みっぷりもいい。田辺もフォークを片手にジョッキを傾けた。

貸別荘といいながら、一般には貸し出されない物件だろう。小ぶりだが瀟洒《しょうしゃ》な建物の裏手にウッドデッキが作られ、木立越しに湖が見渡せる一等地だ。

「あの声、知ってるんだよな。……どこだ」

ジョッキを握りしめて、大輔はまだ記憶の在り処を探していた。肉を食べる手は止まらず、ぐいぐいと押し込むようにして頬張り、豪快に嚙みしめながら生ビールをぐびぐびと飲む。いつまでも見つめていたいぐらいに爽快《そうかい》で、頬杖をついた田辺はサングラス越しに目を細めた。車内で奪った強引なキスを思い出すと、また謝りたくなってくる。

しかし、本気で悪いと思っているわけではなかった。仕方がないと口にするときの大輔を見たいだけだ。

「……口元がニヤついてる」

大輔に指摘されて、田辺はわざとらしくサングラスをずらした。

「そう？」

「あんなに緊張してたくせになぁ。ゲンキンなやつだよ、おまえは」

「知り合いのほとんどいないパーティーもいいね。あとで踊る？」

「チーク以外なら付き合ってやる」

ふんっと鼻を鳴らした大輔のミラーサングラスに映る自分の姿を眺め、ずらしたサングラスを元へ戻した。近づいてくる悠護の姿も見えたからだ。

大輔も気づいて視線を向ける。

「彼、借りてもいい？」

アロハシャツを羽織った悠護の手が、頬杖をほどいたばかりの田辺の肩へ置かれた。威圧感はゼロだ。御用聞きをしていたときから、偉そうに振る舞っていてもフレンドリーなのが悠護だった。明るく陽気で、冗談好きで、よく言えば軽妙な性格、悪く言えばノリが軽い。

「あっちで話そう」

悠護が親指を立てて示したのは、木立のそばに置かれたイスだ。離れた場所にあるが、ふたりの姿は残された田辺からも目視できる。

「行ってくる」

大輔はすぐに立ち上がる。わずかな戸惑いさえ見せないのが意外だ。

口元に微笑みを浮かべて送り出し、田辺は手元のジョッキを指先で撫でた。

岩下に呼び出された大輔を助けに走ったのは五年も前のことだ。そのときの大輔を、田辺はあまりよく覚えていない。そのあとも陰ながら身を挺《てい》して守ってきたつもりだが、大輔自身を直接かばうような機会はめったになかった。

大輔はたいていのことを、自分でこなしてしまう。ずっと刑事を続けているのだから当然だ。気がつけば貫禄《かんろく》もつき、ものごとの判断は以前より速くなった。

木立の陰に置かれたイスに座る姿をサングラス越しに眺め、田辺は誇らしい気分で悦に入る。悠護と並べても遜色《そんしょく》のないことが嬉しかった。自分の選んだ恋人は、立派で男らしく、粗雑な仕草もたまらなくセクシーだ。

田辺はビールを飲み、大輔が残していった皿を引き寄せた。

左手の薬指が目に入る。大輔から贈られたエンゲージリング代わりの指輪がきらきらと輝いていた。月給の三ヶ月分だと言われたのも納得の、幅が太いパヴェのエタニティリングだ。女性の指には幅が太く、田辺の指にはちょうどいい。つまり敷き詰められたダイヤの数も多く必要で、土台のプラチナも高額になる。

どんな顔で選びに行ったのかと、指輪に刻まれたブランド名を見つけたときはため息が出た。『男に贈る』と、そうはっきり言ったのだろう。変に振り切れた男気を想像すれば、胸がざわめいてたまらなくなる。

嫌な気分はいっさいない、愛情尽くしの高揚感だ。

田辺も同じように大輔へ贈る指輪を選んだから、相手の気持ちが手に取るようにわかる。結婚なんかしないと言われるかもしれなかったし、つけたくないと拒絶される可能性も考えた。それでも、前の結婚を越えたと思って欲しい気持ちがあって、どうしてもエンゲージを贈ってプロポーズしたかったのだ。

だから、大輔からのプロポーズも指輪も想定外だった。喜びはいまでも言葉にならない。

指先でエンゲージリングをなぞり、もう一度、大輔へ視線を向けた。田辺からは遠くて見えないが、左手にはシンプルなプラチナのリングがはまっている。表にも裏にも石は入れず、刻印もしなかった。

飾り気のない無垢《むく》なままの愛を贈りたくて、それが永遠に続けばいいと心から願っている。そのために生きると、もう決めているからだ。

テーブルに、泡の盛りあがったジョッキが置かれる。

「様子を見てきますね」

さらにふたつのジョッキを持った小百合は、すぐにその場を離れた。歩き去っていく背中を見送り、田辺は新しいジョッキに手を伸ばした。

木陰に置かれたイスに座ると、背中に涼しい風を感じて驚いた。

「風の通り道なんだ」

大滝悠護が軽やかな口調で言う。大輔はまた既視感を覚えて眉根をひそめた。仕事柄、人の顔や体格、身なりや声、話し方には敏感だ。できる限り観察して、覚えておくようにしている。地道な努力でしか、人の注意力や記憶力は鍛えられない。

「会ったこと、ありますよね」

大輔は臆《おく》することなくストレートに尋ねる。悠護は片方の眉を跳ねあげて破顔した。開けっぴろげで表裏のないビッグスマイルだ。

「へぇ、覚えているとは思わなかったな。泥酔してただろう」

「覚えてるってほどじゃ……」

記憶はまだあいまいだ。しかし、相手から泥酔していたと言われるぐらいなら、考えたところで無駄な気がしてくる。

「できれば、あのときと同じで『ゴーちゃん』って呼んで欲しいけどな。せっかく、面倒なのを介さずに出会えたわけだし」

「ん？」

その呼び名には、なんとなく覚えがあった。学生時代の友人か、それとも、どこかの飲み屋で知り合ったのか。

「あ！」

馴染《なじ》みのスナックを思い出した瞬間、記憶がサッと戻ってきた。

「『男の娘《こ》』の皐月《さつき》ちゃん！」

去年の夏、雨の繁華街で知り合った相手がよみがえってくる。あれきりになっていたが、印象が強くて、いまでもときどき思い出すことがある。

「……わー、サイテー……」

悠護はあからさまに肩を引いた。

「それ、あいつには言うなよ」

「あ、すみません。……がさつで」

口元を押さえ、反省を見せて頭を下げる。男性的な職場のせいか、とっさに出てくる言葉が荒くなりがちだ。同僚の女性刑事から注意されることも少なくない。

「ってことは、叔父《おじ》さんの……。そっか、ゴーちゃんって名前だったっけ」

「いつぞやは、『姪《めい》』の皐月がお世話になりました」

改まった態度で頭を下げられ、大輔はあわてた。

「あぁ！　いやいや、俺のほうこそ、たらふく飲んだのにぜんぶ奢ってもらっちゃって……。あのあと、店のママから感謝されましたよ。いままで一番の売り上げをひとりで払っていったって……」

「納得？」

ウェーブのかかった茶髪が揺れて、陽気な笑顔が整った顔立ちに溢れる。

アクの強さが際立っていても、美形には違いない。

大輔は顔にかけたままだったミラーサングラスを取り、深く切り込みの入ったパーカーの胸元に引っかける。右手を差し出した。

「田辺がお世話になります」

「……本当なんだ？」

「本当です」

核心に触れる言葉がなくても、否定しなかった。悠護は髪をひと振りして、大輔の手を強く握りしめてくる。

「けっこう性悪だと思って付き合ってきたけど……、騙されてない？　あいつ、手練《てだ》れの詐欺師だよ」

「知ってます」

大輔は深くうなずいて即答した。田辺の性格の悪さは、誰もが口にすることだ。いまさら、驚きもしないし、悠護に答えた通り、大輔もよく知っている。

「あっちもこっちも、人の悪い男が好きで困るな。俺のほうが性格いいのに……」

大輔の手を離した悠護は、おおげさな仕草で肩をすくめた。

「あっち、って……？」

どうやら、他にも悪い男が好きな人間がいるらしい。大輔はハッと息を呑んだ。

「送ってくれた、あの美人……」

「え？」

「田辺のこと……？」

「……あー、三宅さん。頭の回転が速すぎるなぁ。それはないから、だいじょうぶ」

悠護は否定したが、大輔は食い下がった。

「わからないじゃないですか。あんなにきれいな顔してるのに」

「確かに、小百合に対しては紳士かもしれない。あの女はこわいから」

悠護はうんうんとうなずき、近づく人影に気づいて小さく飛び上がった。話に出ていた小百合が、ビールジョッキを両手に持ってふたりの前に立つ。

「悠護さん。行動が不審ですね。私の悪口ですか？」

澄んだ声は、穏やかな口調のままで悠護を追い込む。大輔は両手でジョッキをひとつ受け取り、ちらっと悠護を見た。すっかり小さくなり、なにかをもごもごと言い訳している。

確かに、小百合は普通の女性ではない。

そう思っていると、悠護が不意にはっきりとした声で言った。

「小百合みたいな美人が好みなんだって……」

大輔をダシにした苦しまぎれの言い逃れだ。

「え！　言ってない！」

思わず声を張りあげて否定すると、もうひとつのジョッキを悠護に押しつけた小百合が、柳のようにたおやかな眉をひそめた。

「言ってないんですか」

ひたっと向けられる視線に射抜かれ、大輔の背筋が伸びる。

「言っただろう、きれいな顔だって」

悠護に腕をつつかれ、大輔は目を丸くして振り向いた。

「違います。それは田辺のことです」

「うん？」

「田辺の顔、きれいですよね？　女はだいたい好きになると思いませんか」

首を傾げる悠護を放置して、小百合へ問いかける。田辺にひそかな恋心があるのではないかと、疑う心が晴れなかったからだ。

「……田辺さん、確かに顔はいいんですけど。悪い人ですよ」

「悪い人、好きじゃないですか」

「人によります。おそらくですけど、田辺さんが優しくて誠実なのは、三宅さんに対してだけですよ。ねぇ、悠護さん」

「でも、有能なんだよなぁ。口八丁手八丁。いざというとき、力になる。あぁいうタイプを育てるのは難しいと思うよ」

「頭もいいから、人の思惑を読んでしまいますしね。悠護さん程度なら、裏の裏まで見透かされてそう」

「余計なお世話だっつーの。……三宅さん、あんたの存在が担保なんだ。そうじゃなかったら、岩下から預かったりしない」

大輔から視線をはずした悠護が喉を鳴らしてビールを飲む。

「足元をすくわれそうってことですか」

尋ねると、深く息をついたあとで答えた。

「うん、その通り。あんたがいなかったら、絶対に、岩下から送り込まれてくるスパイだろうし」

「俺といるからって、その線がないとは言えないと思いますけど」

田辺と岩下の関係は微妙だ。大輔の知らない密約があるかもしれない。

「……そこは話がついてる」

悠護ははっきりと、田辺のスパイ説を否定した。

「本人が、あんたと一緒になりたいから、居場所をくれって頭を下げたんだ。そういうことをする男じゃないだろう。居場所ぐらい、自分で作れるんだから。それでも、あんたのために、より安全な場所を探したわけだ」

「本当に、安全なんですか」

「それはもう、これ以上ないほどに」

答えたのは小百合だ。清楚な顔立ちに薄笑みを浮かべて言った。

「今後のあなたのためにも最善の策だと思います」

「今後の、俺？」

大輔が聞き返すと、悠護が割って入った。

「小百合。それはまだ……」

「話して差し上げればいいのに」

「先方が機嫌を損ねる。……俺からは言えないけど、まぁ、いろいろあるよ。あんたはあんたで見込みがあるらしいじゃん」

「誰が、そんな……」

眉をひそめて見つめても、悠護はにこにこ笑ったままだ。待っていても答えは得られそうもない。代わりに小百合が口を開いた。

「田辺さんは、あなたの仕事をバックアップするとお決めになったんですよ。要するに、岩下さんに賭《か》けていた命を、あなたに賭けることにしたんですね。……私、納得したわ」

最後は、悠護に向かって言った。

「あいつは、父権性の強いタイプに弱いんだろうな」

「権威主義ですもの。……中途半端な小悪党でいてもらうことが一番ですよね」

会話がまた大輔へ戻ってくる。

「いや、ちょっと話が読めない……です」

ビールを少しずつ飲みながら、大輔は上目づかいに小百合を見た。

虫も殺せないような顔をしているが本当はどうだろうか。とっさに観察しようとしたが、すぐにあきらめた。しないほうがいいような気がして、大きく息を吐く。とんでもないところへ紛れ込んでしまったと、つくづく実感する。

それでも、岩下と対峙《たいじ》したときよりはマシだ。何度かの修羅場をくぐり抜け、大輔も鍛えられた。肝が据わり、少なくとも逃げだそうとは思わない。

ビールを喉へ流し込むと、悠護に肩を叩かれた。

「とにかく、田辺が裏切らない限りは、ちゃんと面倒を見るから」

からかい混じりの声を聞き、ジョッキから離したくちびるを拳でぐいと拭く。

「犯罪には巻き込まないでください」

「悠護さんは、岩下さんとは違いますから」

小百合はおっとりと答える。普通の人間なら言葉のまま受け取ったかもしれないが、田辺との付き合いが長い大輔にはまるで信頼ができなかった。

それでも、これが最善だと決めた田辺のことは信用できる。大輔はふたりを交互に見て、頭を下げた。

「……よろしく、お願いします。……あいつ……貧乏は似合わないから」

大輔のひと言を聞いたふたりはあっけにとられ、直後に手で顔を覆った。肩を揺らして、笑いをこらえる。

「違いねぇわ……わかった。あんたが悪徳刑事にならなくて済むように稼がせておく」

「食わせるぐらいはできるんだけど」

「いやいや、もう言うなよ。あいつの服を上下揃えるだけで、月給飛ぶからな」

「美人の伴侶《はんりょ》を持つと苦労しますよ」

小百合にも言われ、大輔はしみじみとうなずいた。

「そうかもな。俺は、自分の食い扶持《ぶち》ぐらい稼ぐから……」

「三宅さん、いい旦那さんですね」

「……え。反対だろ？」

悠護がのんきな声で指摘したのと同時に、微笑んでいた小百合の腕が動いた。

高い破裂音がして、イスに座った悠護の頬が引っぱたかれる。あっという間の出来事に、大輔はイスを蹴って立ち上がるほど驚いた。

「見た、いまの。こういう女だよ、こういう……」

片頬に手を当てた悠護はゲラゲラ笑って言った。そして、にやりとくちびるを曲げて小百合を見る。

「ほんと好きだ。小百合。結婚しよう」

突拍子もないことを言いだしたが、声色は真剣そのものだ。それもいつもの冗談なのだろう。対する小百合はたじろぎもせず、嫌悪感たっぷりの視線を悠護へ向ける。

「デリカシーって言葉を真に理解できてから言って。あなたの辞書には載ってないでしょうけど」

あいだに挟まれた大輔は対処に困る。複雑な人間関係を理解できるのは、ヤクザが絡んだときだけだ。男女の繊細な機微となると、途端に難しくなる。

「またやってる」

「嫌われる一方じゃない」

女性ふたりが現れ、小百合に味方するように両脇へ立った。

ひとりは眉根の狭い気が強そうな顔立ちにショートカット、もうひとりは目鼻立ちのはっきりとした派手な顔だ。頭のてっぺんあたりに団子状にまとめた髪が乗っている。それぞれの手には半分ほど飲んだビールジョッキがあった。

　こちらに向かってくるのに気づいていた大輔は、蹴飛ばしたイスを元へ戻す。みっともなく驚いたことがいまさら恥ずかしかったが、座り直すことはしなかった。

　女性が誰も座っていないからだ。悠護だけが気にも止めず、優雅に足を組んでいる。

「引っぱたかれたのは俺だよ」

「悠護さんがいけないの」

　憤然とした小百合は、細い腕を自分の身体に巻きつけた。

「俺がなにを言ったんだよ。田辺が上だって……」

「ゴーちゃん」

　女性のうちのひとりが眉を吊《つ》り上げる。

　ひんやりと冷たく重苦しい空気を感じ、大輔は後ずさりたくなってくる。

　どうやら、話題の中心にあるのは、大輔と田辺のベッド事情だ。そんなことはわざわざ話題にして欲しくない。すかさず逃げることはできたが、女性陣に取り囲まれた悠護を捨て置くのも忍びない。

「人のプライバシーをペラペラ口にしないのよ」

「ここにも、ハラスメント対策ぐらいあるんだからね」

「おまえらが口うるさいだけだろ。あー、あー。わかった、わかった。わかりました。口を閉じていますぅ」

新しく現れたふたりから責められ、悠護がふてくされる。足を投げ出してズルズルと沈み、ちらっと大輔を見た。

「田辺のさ、頭の良さを狙ってるやつは少なくない。詐欺で食ってる界隈《かいわい》は、手ぐすね引いて待ってんじゃないか。余計なのが寄ってくると厄介だから、いまはまだ白黒つけさせず、岩下のところに片足突っ込ませていたほうがいい。俺ができることは、金のスジをつけてやることだけだ。もっと安全なところに置きたいなら、連れて回ってもいいけど」

「それは嫌でしょう」

「ねえ、そうよ。元も子もない」

次々に話すのは、遅れて現れたふたりの女性だ。ささっと移動したかと思うと、大輔の左右についた。両腕を取られ、あっという間に拘束される。

正確には腕を組まれたに過ぎないのだが、明るいダンスミュージックが聞こえ、楽しげな笑い声が届いても、両手に花という気分にはならなかった。

「思った以上に、いい身体……。柔道は黒帯？　剣道はしてないの？」

右側から胸板をさすられ、左側からは背中をたどられる。

「固太りしてないし、顔もかわいいし……」

「ねー、遠目に見たときは、どうかと思ったけど……っ！」

大輔の両肩に頬を乗せたかと思うと、きゃいきゃい騒がしく笑い合う。ふたりとも長身だ。汗ばんだ肌から、女性特有の柔らかな香りが漂ってくる。

しかも、ふくよかなバストが、これでもかと腕へ押し当たっていた。

「すみません、離れてもらってもいいですか」

その気がなくてもドギマギしてしまい、大輔は後ずさった。

「ウブなふりしなくても……」

「難しい話はしないから、一緒に飲もう」

「……放してやれって」

悠護があきれた声で助け船を出してくれる。主催者のひと声なら聞いてくれると思ったが、女性ふたりは低く吐き捨てるように息をついた。

「やだ」

「指図すんな」

ぐっと低い声はドスが利いていた。しかし、ヤクザやチンピラの雰囲気ではない。

どこで見聞きしたのだろうかと考えてしまい、大輔はたいした抵抗もできずに引っ張られた。なぜだか、テーブルのあるバーベキュースペースではなく、木立の狭間《はざま》へ向かっている。

「ちょっ……。おかしくないか⁉」

思わず息が上がり、大輔は遠慮なく女性ふたりを振り払った。つもりだったが、ふたりはぎっちりと大輔の両肩と両腕を押さえている。

もしかして同業なのではないかと怪しんだ瞬間、風を切るようにして田辺が現れた。見ていられずに駆けつけたのだろう。

サングラスをはずし、いつもの眼鏡をかけている。その顔は、不機嫌を通り越して無表情だ。

「冗談はそこまでにしてもらえますか。女性を邪険に扱える人ではないので」

「いま、けっこう本気で振り払われたけど……」

「はじめまして、田辺くん……」

お団子ヘアーのぼやきを無視して、ショートカットのほうが田辺を見た。一方的に田辺を知っているようだが、自己紹介をしようとはしない。田辺から尋ねることもなかった。

「どこの誰だか知りませんが、この人は俺の……」

言葉が途切れ、女性ふたりは目を輝かせた。すでに知っている答えが出てくるのを、いまかいまかと待ち構えている。

大輔はおおげさな息を吐き出して、髪をひと振りした。田辺に代わって口を開く。

「俺の婚約者がヤキモチ焼くから、腕を放してください」

　はっきり告げると、女ふたりの手はするすると動いて離れた。

「あら……」

「男らしい……」

　顔の前で両手を広げて、降参のポーズだ。にっこりと笑い、互いに顔を見合わせる。お団子ヘアーが振り向いて言った。

「この前、制服を着てキャンペーンの手伝いをしてたでしょう」

「え？」

「あれ、すごい似合ってたじゃない？　持ってきてるんだけど、着てみない？」

「田辺くんだって、見たいでしょう。夏服のフィアンセ。あとはあげるから……」

　お団子ヘアーに続き、ショートカットヘアーが言う。

「いや、ダメだろ。官給品だよ」

　大輔が腰に手を当てて答えると、田辺が肘あたりを引いてきた。

「着せません」

　女性たちに対し、はっきりと言い放つ。しかし、それぐらいで納得する相手ではない。

「本物なわけないでしょ。すごくよくできてるだけ」

「見たいなー。本物の警官の夏服姿を見ながら、ビール飲みたぁーい」

「みんな、すっごく喜ぶし。……盛り上げて？」

「ただ酒じゃ申し訳ないと思うでしょう」

「ねぇ、ゴーちゃん。新入りにはそれなりの誠意を見せてもらわないとねぇ？」

交互にまくし立てたふたりは悠護へ水を向ける。

大輔は様子を見るまでもなく、瞬時に口を挟んだ。

「……俺はこれきりだし。場を盛り下げるなら、このあたりで失礼します」

「フィアンセの立場ってものがあるわよ？　これからも出入りしなくちゃいけないのに」

ショートカットヘアーの声が、わかりやすく不機嫌になった。それどころか、あきらかな圧をかけてくる。

「それは……」

田辺が前に出ようとするのを押しとどめ、大輔は悠護に視線を向けた。

「そういう話になるのか」

「……俺は違うけど、ここにはいろんなのが混じってるから。ふたりで考えて、好きなようにすればいい。あとは自己責任」

「つまり、どういうことだよ……」

大輔が肩越しに振り向くと、田辺は小さくため息をついた。

「断れば、どこでつまずくか、誰にも予想できないってことかな。でも、気にすることはないよ。俺の問題であって、あなたは関係ない」

「婚約しちゃってるぐらい深い仲なのに、そんなつれないことは言わないものよ」

お団子ヘアーが笑って口を挟み、鮮やかな黄色のワンピースを揺らす。田辺は眼鏡越しの瞳を鋭くして言った。

「大輔さん、騙されないで」

「着るぐらいはいいんだけど……、制服着てるとビールは飲めない。……気持ちの問題だよ。交番勤務を思い出すから」

本音を答えると、ショートカットヘアーがふらふらとよろめく。

「マジメか……」

お団子ヘアーにしがみついて吐息をこぼし、続けて言った。

「私、制服はあきらめるわ。それより、一緒に飲みたい」

「うん、そうしよう。……田辺くん、あなたも一緒にね。彼氏の隣にぴったりついているといいわよ」

からかいのニュアンスはなく、からりとした誘いだ。

このふたりにも、小百合以上の癖がある。油断ならないとは思ったが、大輔はもう深く考えることをやめた。

イスの肘掛けにもたれた悠護の態度が、いかにもリラックスして見えたからだ。難しいことはなにも嗅《か》ぎ取れない。

そして、よく似たシチュエーションを知っていると思った。

それは、大学生の頃に経験した、学部と学年の混ざった謎《なぞ》の合コンだ。酒を飲むほどに無礼講になり、それがあとあとで効いてくる。気の合わない相手とはその日限りだが、気が合う相手とは付き合いが続き、後輩はあれこれと面倒を見てもらうことになる。割りのいいバイトや、住みやすいアパートを紹介してもらえるし、もっと先に進めば、就職のためのコネを繋いでくれることもあった。

「大輔さん、平気？」

気づかう田辺の声が耳に届き、身体がわずかにぴりっと痺れる。

「全然、だいじょうぶ。おまえは？」

人目を気にせず、振り向いて視線を合わせた。

「俺をそんなふうに心配するのは、あなただけだから……」

汗ばんだ髪をかきあげた田辺の顔に、照れ笑いのような苦笑が浮かぶ。

「知らねぇよ。ほかがどう思ってるかなんて」

わざと乱暴な口調で答え、ミラーサングラスをかけ直す。腰に手を当てて、答えを待っている女性ふたりに向き直った。

「まだ、肉が食い足りないんで。向こうで健全に、飲みましょう。知ってると思いますけど、本職の刑事なので、言動には気をつけてください」

大輔なりに予防線を張ったつもりだった。ここが無礼講のバーベキュー会場だとしても、非合法な行為はいっさい受け入れない。その宣言だ。

「逮捕権があるって、強いわ」

お団子ヘアーがしみじみとつぶやく。その言葉を、大輔以外は誰も気に留めなかった。


お団子ヘアーは『ユーナ』、ショートカットヘアーは『ミヤコ』と呼ばれていた。

仕事に関わる話は木立のそばで終わりになり、悠護も交えてテーブルを囲んだあとは、ごく普通のたわいもない酒盛りが始まる。小百合は現れたり消えたりを繰り返し、名前のわからない酔っ払いも次々に参加してはいつのまにかいなくなった。

大輔と田辺は常に肘をくっつけたままで、ビールをたくさん飲む。ほかにも酒は用意されていたが、冷蔵装置のついた生ビールのおいしさにはまるで敵《かな》わない。

そして、次々と披露されるくだらない話に笑い転げ、田辺の肩に腕を回してもたれかかった。立派な酔っ払いと化した大輔を気にしながら、田辺は楽しそうに時間を過ごす。リラックスしているのが、笑い声の雰囲気で大輔へ伝わる。

田辺が楽しそうなら、それだけで胸の奥が温かくなっていく。嬉しさが募り、上機嫌のまま、踊りの輪にも加わった。

明るく陽気な音楽に、夏の終わりを感じさせる蜩《ひぐらし》の声が重なると、いままで感じたことのないノスタルジックな感情が牛まれてくる。

気がついたときには、田辺の肩に両手を投げ出し、酔っ払いのステップでチークダンスを踊っていた。

「ねぇ、大輔さん……。いつ着替えたの」

「わからない」

唸るような答えは、酔いに任せて語調が強い。しかもろれつは回っていなかった。

田辺の手が背中を探り、大輔の着ている水色のシャツを引っ張る。あれほど拒んだ、警官の夏服だ。

「似合う～、やっぱり、似合う～」

ユーナと組んで踊っているショートヘアーのミヤコがよれよれの声を張りあげる。

「はいはい、満足、満足。ミヤコちゃん、満足ね～」

いまにも崩れ落ちそうなミヤコをがっしりと抱き寄せ、ユーナは軽やかにワンピースの裾を揺らして言う。

「どうも、ありがとう」

ふたりに向けられたひと言は、どう解釈するべきだっただろう。酔っ払いの友人を大事そうに抱えて、ユーナはご機嫌に歌い出す。調子はハズれていたが、底抜けに楽しそうだ。

他にも揺れているカップルはたくさんいた。同性だろうが異性同士だろうが、おかまいなしだ。みんなほどよく酔っ払っていたが、ハメをはずすことはなかった。

「……遠慮、してんの？」

抱きしめようとしない田辺へ、わざと身を寄せてささやく。そういう冗談も許される雰囲気だと思ったが、さりげなく押し戻され、ふたりのあいだに微妙な空間が生まれた。

「酔っ払い……」

眼鏡をはずしている田辺から軽く睨まれ、大輔は無意識にくちびるを尖らせた。

「おまえだって、酔ってるくせに」

「……ほどよくね。大輔さん、そろそろ酔いを醒《さ》ましてね。……俺さ、そのままのあなたを抱きたいから」

身体を離しているのに、耳元へ熱い息が吹きかかる。

「んっ」

大輔は思わず息を呑んだ。

「嫌じゃなかったら」

そっと付け加えられた言葉に、トラウマを案じている田辺の迷いが感じられた。

大輔はかつて、警官の制服を着ておこなうセックスショーへ売られかけたのだ。本番はしないで済んだが、準備をされたときの地獄みたいな時間は忘れられない。普段は日常に溶けているが、ふとしたときに思い出され、気が滅入ることもある。

「……あや」

酔いはふわふわと気持ちよく、大輔の全身を包む。

夏から秋へ季節が移り変わる、ほんの短い瞬間が、夕暮れの風に乗っている。大輔はわずかにあごをそらして田辺を見つめた。

「おまわりさんにエッチなことしたら、捕まるんだからな」

言葉とは裏腹に、性的な火照《ほて》りが肌を這い、瞳が潤んでいくように視界が揺れる。

「……もう、遅いよ」

田辺が足を止めて離れた。片手が大輔の左手を掴む。

「帰ろう」

指先が、リングごと薬指を押さえてくる。大輔もこのあたりが潮時だと感じていた。

ユーナとミヤコに声をかけ、気持ちよさそうに酔っている悠護を探して別れの挨拶をする。帰りの車も、運転は小百合だ。すでに準備は整っていて、引き留められることもなく喧噪《けんそう》をあとにした。

「おつかれさまでした」

十分ほどで、貸しコテージの前に着く。小百合は後部座席のドアを開け、車を降りたふたりに紙袋を差し出した。

「これ、三宅さんの着替えです。二日酔い防止のドリンクも入れておきました」

「お世話になりました」

田辺が受け取り、大輔を促す。貸しコテージのドアを開けて振り向くと、車のそばで見送っていた小百合がふかぶかと頭を下げた。

今度は車へ乗り込む小百合を、大輔たちが見送った。エンジン音が遠ざかり、蜩の声が大きくなる。

「おまわりさんを連れ込むなんて……、こんな悪いことはしたことがないな」

田辺の手に制服の肩を抱かれ、部屋の中へ押し込まれる。ぬるい空気の玄関で、くちびるが重なった。ドアの鍵《かぎ》がかかる音を聞きながら、大輔はまぶたを閉じる。

「もっと悪いこと、してきたくせに」

「……更生するから、お仕置きしてよ。刑事さん」

シャツの背中を揉みくちゃに抱かれ、膝のあいだへ田辺の足が入ってくる。玄関に置いた紙袋がバランスを崩して倒れ、ゴトッと重たそうな音がする。

二日酔い防止のドリンクが入っていることを思い出し、大輔は身をよじった。

「あとで……。ね、いまは……」

あごを押さえられて、壁に追い込まれた。田辺のくちびるは温かい。酒の匂いを感じないのは、大輔も酔っているからだ。

「ん……ぅ……」

指先にくちびるを押さえられ、差しのばされた舌が入り込んでくる。ぬめった唾液の感触に、背中がぞくりと震えて汗ばむ。性欲がムクムクと目を覚まし、大輔は自分から田辺を抱き寄せた。

汗ばんだリネンのシャツに指を這わせて、その下に隠されたしなやかさをたどる。ほどよく引き締まった身体だが、筋肉は薄い。

「……落ち着けよ」

口の中をせわしなく探ってくる舌を軽く吸って睨む。すると、ひとつ年下の男は熱っぽい息を吐いた。

「無理だ。わかってるだろ」

腰を摑まれ、下半身を押しつけられる。そこはゴリゴリに硬い。

「やらしいな、おまえ。顔だけなら、そういうタイプじゃないのに」

「大輔さんが相手じゃなければ、清純路線で売るよ」

「いいんじゃね？」

軽い口調で答え、田辺を押しのけた。いつまでも玄関にいると暑い。

靴下も投げ捨て、倒れた紙袋を拾い上げる。あとに続く田辺が、かがんだ大輔の尻を撫でた。

「……ふざけんな」

「このまま、ここでしよう」

「バカ。暑くて死ぬ」

屋外は風が吹き抜けて涼しいが、玄関や廊下には日中の暑さが残っている。

「じゃあ、外ですればよかった。散歩に行こうか」

「着替えるから待ってろ」

リビングへ続くドアを開けた途端、つけたままにしておいたクーラーの冷たい風が流れてきた。

「あぁ、天国……」

大輔は吐息をこぼしながら部屋の中へ入り、室内灯をつける。

「それは俺の腕の中で言って……。着替えないでよ、もったいないから」

どうしてもいますぐ夏服の大輔を抱きたい田辺が、紙袋を引っ張りながら身を寄せてくる。大輔は素直に首を傾け、くちびるを首筋へ受けた。

カーテンが開いた掃き出し窓に、青い夕暮れの木立が見える。そして、二重写しになっている制服姿の自分に気づく。

ぞくっと身体が震えたのは、かつての不運を思い出したからではなかった。

制服で抱かれたら、袖を通すたびに記憶がよみがえるとわかっている。それなのに、淫靡な行為を心待ちにしてしまう欲望のせいだ。胸の内側で、じりじりと燃えてくる。

「なぁ……」

頬を寄せて、くちびるをかすめながら呼びかけた。火照った田辺の身体からは、柑橘《かんきつ》系の香水が淡く嗅ぎ取れる。

「うん？」

聞き返す田辺の声は、もうすべてを察している。大輔の興奮には誰よりも敏感だ。なのに、大輔が持っている紙袋の持ち手を少し引っ張りながら言った。

「とんでもないお土産が入ってるけど、俺のせいじゃないから」

「あぁ？」

いきなり話を変えられ、田辺が広げた紙袋を覗き込む。

一番上に置かれた大輔の服で隠れているが、底のほうに大きめのボトルが入っている。服を床へ投げ捨てると、全貌が見えた。

小百合が言ったとおり、酔い醒ましのドリンクがふたつ。それから、小箱とボトルだ。どちらも見知っている。

「……用意はしてたけどね」

田辺が取り出したのは、コンドームの小箱とローションのボトルだ。

「こっちも？」

大輔も手を伸ばす。指に引っかけたのは、オモチャの手錠だった。ピンクの小さなリボンがついている。

「おまえ、かけられたことある？　俺、練習してるから上手だよ」

それなりに重い手錠をじゃらじゃら鳴らしながら、ふざけて田辺を覗き込む。

「そっか……。なら、経験のないことをしてあげる」

「なんだよ、それ」

「……なんだと、思う？」

話を混ぜ返しながら、田辺が紙袋の底を探った。取り出したのは、最後のグッズだ。小さなタオル地のものが出てくる。

「いや、それのことじゃなくて。それも気になるけど」

「リストバンドかな。大輔さん、手を貸して」

紙袋が床へ落ち、気を取られた大輔の肘に、田辺の指が触れた。そっと摑まれ、くすぐったさに油断した。

「こういう気配りは女性ならでは……かな。あの人、ほんと、正体不明だ」

田辺はひそやかな笑い声をこぼし、大輔の手首にタオル地のバンドをつけた。

「あ！」

手錠の片側を指に引っかけていた大輔は、心底から驚いて声をあげる。しかし、もう遅かった。反対側の輪っかは、リストバンドの上から大輔の腕を締めている。

「油断しすぎだよ、おまわりさん。もう、あきらめて、俺の言う通りにして。ね?」

もう片方の手にもリストバンドをつけられ、もう片方の輪っかもつけられる。本物と違い、ゆとりがない。リストバンドは、肌が傷つかないようにするためのものらしい。

そんな使い方があるとは思いもせず、まんまと田辺にしてやられた。

「マジか。俺がつけるつもりだったのに」

「だから、つけただろ?」

「そうじゃない。おまえを拘束して……」

「俺は、心の奥までガチガチに拘束されてるから。……ダイニングへ行こう」

コンドームとローションを持った田辺に肘を掴まれ、大輔はその場で足を踏み鳴らす。

「ベッド!」

「ダイニングなら、うっかり見られることもないから」

リビングのカーテンを閉める時間も惜しいように言われる。大輔は反発した。

「貸しコテージなんだぞ、そんなところで」

「ちゃんと清掃は入るよ。硬いこと言ってないで。ほら、おいで」

ぐいぐいと引っ張られ、カギ型になっている室内の奥へ入る。

　ダイニングテーブルの上は、小物ひとつ置かれていない。なめらかに磨かれた一枚板に摑まった大輔はため息をこぼした。まるで、こうすることを見越していたようなテーブルだ。大輔が体重をかけてもびくともしない頑丈な足がついている。

「ちょっと……、っていうか、かなりクるね」

　後ろから覆いかぶさってきた田辺がテーブルの上にコンドームとローションを並べた。

「こんな格好の大輔さんにイタズラできるなんて……、今年ほどラッキーな夏はないよ」

「俺は不運だ……っ！」

　思わず口走ったが、田辺はたじろぎもせずに耳元で笑う。

「本当に？　……正直な答えは、おまわりさんの身体に聞こう」

　興奮を滲ませた声で言いながら、手を押し当ててくる。制服の上からまさぐられ、大輔は息を詰めた。

　制服のままで手錠をかけられている。どちらも偽物だ。

　そうわかっていても、心は乱れた。

「危険物をもってないか、こうやって探すよね？」

　両手が腰あたりをまさぐり、太ももを押さえて尻を過ぎる。そして、肝心な場所にたどり着く。

「そこは、しなっ……ぃ……ッ」

「……警棒にしては、太い。身体検査されて勃起するなんて、変態刑事だ」

「おまえだって……っ」

「そうだよね。おまわりさんをコテージに連れ込んで、好きにするなんて変態だと思う。……認めたから、遠慮はしないけど、いい？」

「……くっ、……だ、め……」

執拗《しつよう》に股間をまさぐられ、布地の外側から先端を上向きに直される。熱はいっそう滾《たぎ》り、スラックスの一部分があからさまに膨らむ。

「おまわりさんって、止めるとき、そういう感じ？　逆効果だろ」

「こんな目に遭ったことない！」

「当たり前だよ。俺だってイメージプレイだからするんだ。ほら、ここにはなにを隠してるの」

大輔の尻に股間を押しつけるようにして寄り添ってきた田辺の手が、胸部へすべる。指先がかすめていくのは、すでに小さく尖った乳首だ。

「ふっ……ぅ」

「これ、いいね。ちゃんと胸にポケットがあって。エッチな乳首が隠せるんだ……」

「あ、ちょっ……」

ポケットで二重になっている布地ごと胸筋が摑まれた。乳首の場所をわざとらしく探す指が布地をこねる。

「あぁ、ここだ。見つけた」

「くっ……。やめ……な、さい」

出来心に流され、つい、口調をそれらしくしてしまう。それと同時に、制服の袖が視界へ入った。感覚が巻き戻り、なんともいえない背徳感に囚《とら》われた。

交番勤務から始まった警察官人生だ。酔っ払いに絡まれた経験なら山ほどある。

もちろん、田辺のように性的なことをしてくる輩《やから》はいなかった。かろうじて、年配の女性にしがみつかれたぐらいだ。

けれど、あのとき、こんなことがあったらと妄想が先走る。

「あや……やめよう。だめだ、これ……」

身体を起こそうとしたが、後ろからのしかかってくる体重に阻まれる。

「だめ、やめない……。抵抗しないで。恥ずかしいぐらい、気持ちよくしてあげるから」

大輔の口調に煽られた田辺が嬉しそうに笑いながら、なおもぐりぐりと股間を押しつけてくる。完全に後背位のポジションだ。

制服シャツのボタンがいくつかはずされ、指が入ってくる。勤務中なら肌着を着るが、今日は素肌のままだ。肌をなぞる指は、迷いもなく大輔の乳首を狙う。

するっと撫でられ、弾かれ、予想通りにきゅっとひねられた。

「うっ……」

大輔の身体がビクッと跳ねる。

「ここ……、されながら突かれるの、好きだよね」

「好きじゃ、な……。あ、ぅ……っん……んんっ……」

乳首をこねられ、息が弾んだ。むずがゆいような違和感が快楽の糸口だと、大輔はもう知っている。身体だけでなく、脳にも刻まれた快感だ。

「えー？　本当に？　さっきから、お尻が迫ってきて大変なんだけど」

田辺は機嫌のいい笑い声をこぼし、大輔の乳首の先端をくるくると回し撫でる。腰はぴったりと寄り添い、尻に当たっている田辺の熱は恥ずかしいほどぴったりと割れ目に沿う。

「してな、い……っ」

思わず腰を前に引くと、片腕に抱き寄せられる。

「うそ、……ごめん。意地悪だった？」

「おまえはいつも、意地悪だ」

セックスのときは常にしゃべり続け、大輔を言葉で辱める。それをひどいと思ったことはない。田辺が使う言葉はどれも優しすぎるほどだ。

まるで小さな子どもをあやすようにされて、めいっぱいに恥ずかしい格好で抱かれる。

それが嫌いじゃないから困る。

いつのまにか、身に馴染むように好きになってしまった田辺の声が、欲にまみれて低くなったりかすれたりするたび、歪んだ優越感が大輔を満たしていく。

「だって……、大輔さん、実況されると感じる体質だろ？」

「……なんでっ」

スラックスのベルトを片手ではずされ、腰回りがゆるむ。サイズは少し大きめだ。フックがはずされ、ファスナーがゆっくりとおろされる。

「舐めようか」

「……それはマズい」

大輔は深刻な声で拒む。制服を着た自分の足元にうずくまる田辺を覚えてしまったら、おそらく、制服を着るたびにファスナーが上がらなくなる。

「俺のこと、思い出しそう？」

「……思い出す」

「なのに、抱かれるのはいいんだ？　後ろから挿入されて、気持ちよくなるのは別？　やらしい、おまわりさん」

ボクサーパンツごとスラックスがずらされる。大輔が答えないでいると、田辺の手が肌を撫でて動いた。

「嫌だったら力尽くで逃げられるもんなぁ……」

しみじみとした口調で言いながら、ローションを引き寄せる。大輔は黙ってくちびるを引き結んだ。矛盾していることはわかっている。

田辺の言う通り、嫌なら逃げればいいいだけだ。たかだか両手を拘束されたぐらいで抵抗できなくなるはずもない。

「おまえが……したいって、言うから、だろ」

「でも、フェラはだめなんだろ？」

「それは、イヤだ」

「バックで抱かれるのはいいの？　自分の目で見ないから？」

ローションのフタだけがテーブルに戻され、大輔の尻のくぼみに生温かい液体がたらたらと垂れて溜まる。やがて溢れて、割れ目を伝った。

「……は、ぅ……」

「顔、見たいな……」

流れていくローションを指先でせき止めながら、田辺は器用に指を動かした。敏感な場所へ指の腹が押し当たり、ぐりぐりと刺激される。

「こっち、見て」

「ふっ……ぅ」

伸びてきた指から逃れ、大輔は顔を背けた。制服シャツの肩へ口元を押しつけて声を噛む。正直に言いたくないが、興奮してたまらなかった。

スラックスがすべり落ちても、ボクサーパンツは伸びやかな屹立に引っかかったままになるぐらいだ。

「いやか……。仕方ないな」

田辺の声が欲情で濡れて聞こえ、室内の湿度さえ変わっていく。

「……すごい絵面だよ。ぬちゃぬちゃ、やらしい音がしてる。あんたのケツはいい感じに熟れてるし、さ……。引き締まってるのに肉厚で、いい形。こうやってノックすると、開いてくるの、知ってる……？」

押しつけられた指が小さな円を描く。そして、とんとんと叩かれるたびに、ローションが水音を立てた。聴覚でも恥ずかしさを感じた瞬間、指先が沈み込んだ。

「……は、っ……ッ」

いつも、一本目から想像以上に太い。確かに男の指先だ。他の指でスリットの肉を分けながら中指がずくぅと入ってくる。

「ん、ん……」

「あぁ、かわいいよね……。欲しがって、開いてきてる。俺の指で『いい子いい子』して欲しいんでしょ。内側のところ」

耳からの愛撫《あいぶ》に、大輔はたまらず拳を握った。両手首を繋ぐ手錠の鎖がかすかに鳴る。

「……ッく……ぁ……」

ゆっくりと抜き差しをされ、必死で声を殺す。しかし、快感は拒めない。浮いてくる腰を田辺の手のひらに押さえられ、力強ささえ卑猥に感じてしまう。

本当は冷たいような言葉責めをまくしたてる男のはずだ。強引さも持っている。それなのに、大輔との行為だけは恥ずかしいほど甘い言葉になる。地が出てくることは稀《まれ》だ。

「この格好だと、どんな反応されても興奮する」

田辺の指が、先を急ぐように抜き差しを繰り返す。

たっぷりと注がれたローションが粘り気のある濡れた音になり、大輔の乱れた息づかいに交じって部屋に響く。

「あ、あっ……」

クーラーが効いている部屋の中で、ふたりのまわりだけ、空気がぬるんでいく。淫《みだ》らな気配に囚われ、大輔はいっそう感じた。

「大輔さんもそうだよね。こっち、引っかかってる……」

指先にシャツの裾をめくられる。ボクサーパンツを押し上げた勃起の先端を、田辺の爪がかりっと掻《か》いた。

「ん……っ、く……」

腹が引きつれて腰が揺れる。後ろの穴が田辺の指を強く噛みしめたが、かまわずにぐちやぐちゃと動かされ、大輔はいっそうたまらずに腰を振った。

「パンツ……脱がせて、くれ……」

「んー、だめ……」

考えるふりだけをして、田辺がテーブルへ手を伸ばす。コンドームの箱を引き寄せたかと思うと、大輔の背中に置く。まるで物置代わりだ。

それさえも怒る気にはならず、大輔はテーブルの上に肘を載せて待った。いつもの田辺らしくないからこそ、同じように興奮しているのだとわかる。

「ちょっと、待ってて」

指がずるりと抜けたが、大輔は動けない。テーブルの端に体重をかけ、腰を突き出したままで荒い呼吸を繰り返す。うつむいても、自分の屹立《きつりつ》は見えなかった。その代わりに、はだけたシャツの隙間に尖った乳首が見える。

たかだか男の乳首だ。そう思いたかったが、快感を知りすぎていて、気持ちがそらせない。尖りの先端をこすられ、きつくこねられたら、腰が跳ねるほど気持ちよくなる。想像するだけで、股間が熱くなり、先端が濡れてしまう。

「……っ」

これからの行為を想像しただけで、腰も背中も震えてきた。快感への期待値は高く、落胆しないことを経験で知っていた。田辺はいつも、大輔を満足させる。

そして、大輔もすべてを与えて田辺を感じさせてきた。ふたりの行為は、どちらかだけの快感に頼るものではなく、相互的な営みだ。

「大輔さん……深く、息を吸って……体勢が苦しい？」

コンドームをつけた田辺は、自分のワイドパンツを脱ぎ捨てる。コンドームの箱はテーブルの上へ投げられ、パッケージが床へ舞い落ちていく。

「……ちがっ」

「あぁ……うん……」

田辺のうなずきがひっそりと空気を湿らせる。すべての欲望を暴かれる瞬間に、大輔は大きく息を吸い込んだ。

「期待通りのセックスでイカせるから……」

腰を摑まれ、先端が肉と肉のあいだに押し込まれる。大輔は足を開こうとしたが、ボクサーパンツが引っかかっていて思うようにいかない。

「いい眺めだ。俺のカレシ、最高……」

はぁっと吐き出される息づかいに合わせて、田辺の腰が揺れる。

膨らんだ先端が尻の肉を割って前後に動き、ほぐされた場所に押し当たって離れる。もどかしい愛撫に身悶《みもだ》えた大輔は息を詰めてこらえた。挿入して欲しくて、それしか考えられなくなってくる。

入ってくるときの衝撃に身構えながら、喘ぎたくて息が乱れた。

「おねだりしてもいいんだよ、俺のおまわりさん……じゃ、ないか。俺の刑事さん。なんでも言うこと聞くから、ほら……言って」

ぐいぐいと先端を押しつけながら、田辺が背中へ覆いかぶさってくる。発熱体のような熱が迫り、大輔は強くまぶたを閉じた。

「は、やく……」

「早く？　挿《い》れて欲しい？　それとも、離れて欲しい？」

「あやっ……。挿れろ……」

声をひそめて唸るように言っても、腰はヒクヒクと浮き上がって格好がつかない。大輔は汗ばむほどの羞恥《しゅうち》を感じたが、田辺けいっそう嬉しそうに興奮する。

「入る、かな……」

両手の親指が尻の割れ目に差し入れられ、果物を割るように開かれる。同時に、腰が進んできた。熱量に押された大輔はその場に踏ん張ってこらえる。

「あ……、あ、あぁ……っ」

ローションのぬめりをまとった熱が、大輔のそこを押し開く。そして、ゆっくり、ぬるぬるといやらしく入ってくる。

「ん、んん～っ」

ぞくぞくっと背筋が震え、ボクサーパンツに押さえ込まれて苦しい勃起が跳ねる。拘束から逃れようと脈を打つたびに、先端が布にこすれた。倒錯的な快感が腰を包み、大輔は熱の籠《こ》もった息を吐いた。

「入れただけでイッちゃった？　もう出したの？　エッチだ……」

「あっ、あっ」

ぐいぐいと出し入れが始まったが、大輔の足が閉じていて、奥までは入らない。

「パンツ、苦しかった？　それもよかっただろ」

「ちがっ……ぁ」

「違わない。ほら、この中、もう白いのが出ちゃってる。一緒にイキたかったのに。我慢が利かないんだよな」

「……ん、ん」

布越しに先端を揉まれると、ぬるぬるした液体の感触がした。田辺の手のひらの熱さと相まって快感が募る。濡れた布地に包まれてしごかれると、まるで入れているような気分だ。それなのに、ずっくりと押し込まれ、抜き差しされているのは大輔のほうだった。

揺さぶられて内壁がこすれ、息があがる。

「……あっ、……あっ」

のけぞると、今度は乳首の存在を思い出す。シャツに先端がこすれるからだ。甘い声がかすかに漏れるほど甘酸っぱい刺激が生まれ、いっそう背筋をそらす。

「おっぱい、して欲しいの？」

田辺に見つかり、引き起こされる。ジャラッと手錠の鎖が鳴って、立位のまま、後ろから貫かれる。いつもより興奮している田辺は太く、浅い場所がめいっぱいに押し開かれている。脈を打つように跳ねるだけで、大輔にはじゅうぶんな刺激だ。

その上、後ろから交差してきた腕で支えられ、田辺の手のひらに乳首がこねられる。

「オナニーしていいよ。自分でしごいて、気持ちよくなって……」

「……や、だ」

腕ごと拘束されているせいで、ちょうど手錠をつけた手の高さに屹立がある。

「いや？　手伝ってもいいけど……。乳首、両方されるのが好きじゃないの」

田辺の手が重なり、大輔の屹立がようやく外へ出される。根元からこすり上げられ、いつのまにか、大輔も手を動かしていた。

始めれば、もう夢中だ。

「ん、んっ……はっ、はっ……」

息を乱してこすり立てるのに合わせて、田辺が揺れた。両手は大輔の乳首を押したり、こねたり、つまんだりして、休む間もなく責めたててくる。

「あ、あっ……」

「ねぇ、刑事さん。どこが一番気持ちよくて、イッちゃうの？　そこんとこ、教えてからイッて……」

耳元に息がかかり、澄んだ響きが卑猥に注がれる。

「あ、あっ……ぜ、んぶ……っ、おまえ……がっ……あ、あっ。いく……、いく……う、うっ、ん……っ」

田辺の体温にぴったりと寄り添われ、大輔は喘いだ。田辺の乱れた息づかいも絶えず耳元で繰り返される。それも快感だ。乳首は痛いほどに刺激され、太いものは内側をじれったく掻き回す。

そのすべてに興奮して、大輔は昇り詰める。しごき立てた熱が弾け、白濁した体液をぶちまけて果てる。しかし、快感は終わらなかった。

「あ、あっ……」

痺れに似た感覚が全身をくまなく愛撫して広がり、膝から崩れ落ちそうになる。

「おっと……」

ずるっと楔《くさび》を抜いた田辺は、大輔を振り向かせてくちびるを吸った。キスをしながら大輔の背中と尻を支え、テーブルへ移動する。

「待て……っ、テーブルが、壊れる……っ」

「……待てると思ってんの」

のしかかってくる田辺は本気だ。大輔は仕方なく、相手のシャツを引き寄せる。

「おまえは乗るなよ」

「やだ。根元まで入れたい……」

「床でしょう」

「背中、痛いよ？」

「どっちも一緒だろ……」

抱き起こされ、ふたりしてフローリングの床へ沈んでいく。どちらからともなくキスが始まり、あとはもう止まれなかった。

大輔を組み敷きながら服を脱いだ田辺は、乱れた大輔の襟元へ鼻先を突っ込み、早急に中へ戻ってくる。

「く、あぁっ……」

苦しいほどの大きさに押し広げられ、ローションが足される。

「大輔さん、これはちょっと、スゴい……。犯してるみたいだ」

「く……っん……、加減、しろ……っ」

「ねぇ、嫌じゃない？　コテージの床で、制服のまま、犯されて……感じちゃうの？」

「うっ、せぇ……っ、あ、ああっ、激し……っ、あ、あっ」

「すぐ出ちゃいそう。あぁ……気持ち、い……っ」

大輔の胸元で音を立てる手錠の鎖を握りしめ、田辺は穿《うが》つように腰を使う。そのたびに大輔はあごを引き上げ、背をそらして耐えた。

もうめったに乱暴なセックスをしなくなった田辺の理性が、今夜は酔いに任せて溶けかかっている。頃合いを見て諫《いさ》めなければいけないと思いつつ、大輔も熱っぽく強引に奪われる快感に流された。

「あ、あっ……、い、いっ……」

「こんなセックス……嫌いに、なる……？」

喘いで腰を使いながら、田辺の形のいい眉が歪んだ。

「あぁ？」

抱かれている側としてはひどくやさぐれた声を響かせ、大輔は自分からくちびるを近づけた。舌先から求めるあけすけなキスをして瞳を覗き込む。

「ならないから、ちゃんと……俺に……あっ、あ……ちょ、デカくすんな……っ、もー、言うまでもないな！」

「言って……聞くから」

必死に腰を振る田辺が全身で大輔を潰《つぶ》そうとしてくる。肌はどこもかしこも汗に濡れて、前髪のカールが嫌味なほどに色っぽい。

「……ちゃんと……、俺に……っ、夢中に、なってろ……って、言って、んの……。あーっ、そこ……やっ……」

声がキスに奪われて、田辺はいっそう激しくなる。

責め立てられた大輔は為《な》す術《すべ》もなく、恋人が与えてくる快感に身を委ねる。くねるように身悶えて揺する腰を、きつく何度も突き上げられた。

「大輔さん……大輔さん……っ」

うなされたような声に何度も呼ばれ、好きとエロいが繰り返される。大輔はただひたすらに喘いで返し、好きでたまらない声に、耳の奥までも深く愛された。

＊＊＊

コテージでの一夜は、この夏の思い出になった。

盛大に汚したシャツを始末しようとした大輔が「本物じゃねぇか！」と叫んだこともそのひとつだ。

そのあとはコテージの半露天風呂《ぶろ》を楽しみ、翌日の朝までの短い休暇をのんびりと過ごした。ふたりで入れば狭い檜《ひのき》風呂で向かい合い、たわいもなく互いの指の長さを比べ、あれも比べ、ふざけて笑う大輔の顔に見惚れた田辺は我慢できずに口で抜いてもらった。

かわいいと思った瞬間にはムラムラくる。悪い癖が身についたと思うが、大輔にはいつも笑い飛ばされていた。

　そういうときは、わがままを喜んで聞き入れるカレシみたいだ。なんだかんだと田辺をからかいながら、やることはやってくれる。きちんと丁寧に、田辺の欲を受け入れて対処するのだ。しかも、特別なことだとは微塵《みじん》も考えていない。

　いっそ、半露天風呂でもう一回、という気分になったが、そこは断られた。部屋へ戻って映画を見る約束だったからだ。

　大輔の希望を優先させた田辺は、炭酸水を飲みながらアクション映画に付き合い、エンドロールまで待ってキスを仕掛け、明日は仕事だと繰り返す大輔を口説きに口説き、軽いセックスをしてからベッドへ入った。

　ツインのベッドだ。それぞれが薄掛けの中へもぐり込んだのに、明かりを消してすぐに大輔が抜け出し、田辺のほうへ来た。背中にぺたりとくっついた体温は慣れ親しんだ熱だ。汗ばんでいくほどに、田辺をドギマギさせる。もう一回、と振り向いたが、恋人はもう眠りの中にいた。

　うっすらと差し込む月明かりの中であかずに眺め、黒々とした眉を何度か指先でなぞった。それが、夏の名残だ。

　まだ指先にあるようで、海に向かって立つ田辺は眼鏡の奥の瞳を細める。

　九月の海風は湿り気を帯びて吹き抜けていく。

どんよりとした曇天の一日だ。シャツに薄手のジャケットを着て、ちょうどいいぐらいの涼しさだった。

時計を確認した田辺は軽くため息をつく。波打ち際の柵から手を離して、くるりと踵を返す。すでに待ち合わせの時間を三十分過ぎている。相手次第では仕切り直しを考えるところだが、今日は待ち続けるしかない。

柵にもたれた姿勢で眺める先には、赤いレンガを積み上げた倉庫が並んでいる。横浜市が認定している歴史的建造物だ。中は改装されて、ショップやレストランが入っていた。

平日の午後とあって、観光地も落ち着いた人出だ。カップルや家族連れが穏やかな表情でそぞろ歩き、その向こうから歩いてくる男も景色にまぎれて見えた。

カバン持ちの男を赤レンガ倉庫のそばで待たせ、田辺に向かってくる。その姿は雑誌の撮影かと思うようないでたちだ。色味は、季節を先取りしてスモーキーだが、素材は夏の気配を残している。仕立てはゆるく、胸元に挿したチーフとネクタイが同系色で揃えてあるのも粋だ。

体格がよく等身のとれた岩下周平だから似合う服装だった。かきあげた髪も、黒い縁の眼鏡も洒脱《しゃだつ》で魅力的に見える。家族連れもカップルも振り返ったが、足を止めることはない。凝視することを拒む雰囲気のせいだ。

磨かれた飴色《あめいろ》の革靴が田辺から少し離れて止まる。そして、そのまま、距離を空けて柵へ近づいていく。

田辺は振り向かず、曇天を背負った赤煉瓦《あかれんが》を見据えた。

「まだ『色』が消えないな」

海に向かって立つ岩下の声が聞こえる。意味はわかった。

大滝組から通知が回っても、警察のリストを移動しても、まだ田辺の立ち位置は変わらない。ヤクザの端くれだった『色』は立ち姿にも残っているのだろう。

元々グレーゾーンが生息場所だ。急激に生き方を変えてもいいことはない。

昔からの知り合いには、投資詐欺でシノギをあげている岩下の舎弟だと思われていたほうがいいこともある。現に、岩下と距離を置いたと見て、新しい案件に噛まないかと誘ってくる手合いはあとを絶たない。『岩下の長財布』とまで呼ばれていたことが、いまになって足元に絡みつく。

「迷惑をおかけします」

波音がふたりのあいだに漂い、会話はぎこちなく途切れる。

「……舎弟のやることだろ」

岩下が低い声でつぶやき、耳を澄ませていた田辺は勢いよく振り向いた。

どういうことですかと問いかけて口ごもる。想像すればわかる話だ。それが合っているか、間違っているかは問題ではない。問うて言葉にすれば、取り返しのつかないこともある。

田辺はくちびるを引き結び、岩下を見つめた。

ちらりと返された視線は震えがくるほどの男振りだ。ほんのわずかに浮かんだ憐憫《れんびん》に、極道社会の悲哀を嗅ぎ取り、田辺は小さく舌打ちを響かせた。

「焦るなよ」

岩下の声は低く沈み、波音に乗って田辺まで届く。辛辣に聞こえる口調だが、実際には正反対の優しさを含んでいる。

焦りが生み出す結果なら、田辺も知っていた。弱みを見せれば、ハイエナのように寄ってくる悪人ばかりだ。だから、悠護を頼り、絶妙のグレーゾーンに潜むことを選んだ。いざとなれば、大輔に情報を流して守り、そして、田辺自身の安全も確保される。

「金が必要になったら言えよ」

海に向かって背をかがめた岩下は、柵に腕を預ける。

「おまえのシノギはそっくりそのまま、あの若いのが抱えてる」

見上げられる居心地の悪さに、田辺も海へ向き直った。

岩下が言った『若いの』は、芝岡大也《しばおかだいや》のことだろう。田辺の下で詐欺行為の手伝いをしていた男は、田辺が足抜けをすると悟りながら、長期の休みだと思い込みたがっていた。

本当のことはなにも話していない。大輔との関係も秘密だ。

「俺は、もう……」

言葉は宙に浮いて、続きが口にできない。なにを言うべきかも、わからなかった。ただ、大輔のために身ぎれいでいたいだけだ。

「俺の舎弟じゃないか？」

岩下の声にわずかなからかいが混じり、田辺は息を吐き出して笑った。

「岩下さんはどう思ってるんですか」

「『投資詐欺でシノいでる舎弟』だ。べつに、刑事とデキてたってかまいはしないよ」

「そのうち、別れるから……でしょう」

「田辺。俺は、おまえをよく知ってる。その性根が、ここへ来てまっすぐになるなんて、人の一生はわからないよな。考えもしなかった」

「プロポーズ、したんですよ」

ふっと言葉が転がり出る。岩下は驚きもせず、笑い飛ばしもしなかった。柵にもたれた姿勢で海へ視線を戻す。

「おまえたちが夫婦と認められるには、まだしばらくかかるだろうな」

「実家から戸籍を抜いたときに、性別をいじったりできないかと思うんですけど」

「その気なら方法はいくらでもあるけどな。……また俺に大金を流すつもりか？」

「……あの人に怒られます。思うだけですよ」

「形にこだわりすぎれば、本質を見失う。相手から視線を離さないことだけが気持ちの証《あか》しになる。うまくやれよ」

柵を摑んだ岩下が背筋を伸ばした。

「あのときの佐和紀に小銭を流してくれていたこと、感謝しているんだ。……それだけで、おまえに借りがある」

岩下と佐和紀が結婚する以前の話だ。所属するこおろぎ組のために金が必要だった佐和紀に頼まれ、小さな仕事を斡旋《あっせん》したことがある。その多くで、渡すべき上前を撥《は》ね、退屈しのぎにからかった。

岩下に礼を言われるようなことはなにもない。どちらかといえば、数々の無礼に対する償いを請求されてもおかしくないぐらいだ。

「それなりのことをしましたよ」

指摘されるより先に打ち明ける。佐和紀がいまさら告げ口することも考えられるし、そのことで岩下が腹を立てたなら最後だ。悠護の下にいようが関係ない。

「犬に噛まれた程度だって、俺の嫁は言ってたぞ」

岩下の横顔に笑みが浮かび、佐和紀が泣きついたわけではないと安心した。そもそも、新条佐和紀は、そんなかよわさを持った男ではない。金勘定がとびきり下手なだけだ。

「……突っ込めなかった過去の俺に感謝します」

「いい心がけだ」

岩下の声はぴりっと鋭く聞こえ、横顔を見つめている田辺は身の引き締まる思いがした。

なにかが起これば、一番に優先するのは大輔だ。そのことを改めて自覚する。

岩下に対して命を賭けることは、もうできない。

それでも、泥にまみれた田辺の人生を拾い、ひとりで生きていくきっかけをくれたのは岩下だ。厳しさも優しさも身に沁《し》み、憧れはあのときのまま胸にある。

「岡村から聞いてるだろう。大学生をひとり、保護して欲しい」

急に本題が始まり、田辺は軽くうなずいて尋ねた。

「ヤクザを近づけなければいいんですか」

「いや、反対だ」

思いもかけない答えだった。田辺は息を呑み、岩下を見る。

「行動は向こうに任せていい。欲しいのは、警察と接触した証拠だ」

「……北関東でなにが起こっているんですか」

「シマ荒らしだ」

岩下の言葉に、田辺はくちびるを閉ざした。これ以上は踏み込まないと決める。

大滝組は表向き、薬物売買でのシノギを許していない。だから、既存ルート以外は違反行為だ。もしも新規ルートが発覚すれば、管轄地域《シマ》が荒らされたとして、その地域の組織が対応しなければならない。

揉めて収まらないときは、大滝組の幹部が解決に手を貸すこともある。

その多くは、若頭補佐として渉外業務をこなす岩下の役目だ。つまり、今回の依頼は、岩下の業務に関係している。

下手に関われば、巻き添えを避けきれないと、田辺は理解した。

「佐和紀には洩《も》らすなよ」

結婚指輪をつけた左手が伸びてきて、肩にぽんと置かれる。軽妙な仕草だが、ひどく重々しい。嫁の世話係を餌《えさ》にするのだと気づき、岩下の非道さに身体の芯が痺れた。

関東一の大組織・大滝組を守るためには必要な一手なのだろう。

おそらく、佐和紀は烈火のごとく怒る。岩下はどんな言葉でなだめるのか。

見られるものなら見たいと思いながら、話を終えて去っていく岩下を見送った。

そして、ほんの少し、佐和紀に同情した。選んだ相手が悪すぎたのだ。

田辺はポケットから煙草を取り出し、くちびるにくわえた。ライターで火をつけようとしたが、にわかに強い海風にかき消される。背を向けてもつかず、煙草はあきらめて、ライターを片づける。

焦るなと言った岩下の声が脳裏に響き、なにもかもを見透かされている事実がおかしかった。笑いながら、くわえ煙草のフィルターを噛み、向かい風を受けて海を見る。

一緒にいる未来のために、何度でも覚悟を決め直さなければならない。

ただひとり、大輔だけに、正道を歩かせるためだ。邪魔はせず、妨げにならず、ずっとそばに寄り添い続ける。

波音を聞くともなく聞きながら、田辺は眼鏡をはずす。目頭を揉み、舎弟想いの兄貴分には勝てないとため息をついた。

しかし、脳裏に浮かぶ顔は、またたく間に大輔の笑顔へ変わっていく。

一番の憧れを踏み台にしても選ぶと決めた、自分だけの相手だ。胸の奥で恋しさが燃えて、これも愛だと田辺は実感した。

＊＊＊

西島の吸う『エコー』の煙が、狭い喫煙室の中に満ちる。

「北関東の件な、狩野《かのう》と沖田《おきた》が行くことになった」

「……あー、そうなんすか」

麻薬密売に関する捜査のため、北関東へ派遣される人員の話だ。

大輔も煙を吐き出し、眉根を引き絞った。喫煙室には大輔と西島のふたりしかいない。

「本部は栃木県警に置かれるって話だな。群馬県警との合同捜査班だ」

西島はたいした興味もないような顔で話す。狩野と沖田は、安原《やすはら》のチームに所属している若手刑事だ。つまり、西島たちが所属しているチームからは選抜されなかった。

「大がかりですね」

少しはチャンスがあると思っていた大輔は、平静を装うほどにそっけない口調になった。西島も同じだ。固太りした身体を揺すりもせず、いかつい顔を強張《こわば》らせて煙を吐く。

「明日あたり、そのあたりも含めて会議がある」

「壱羽組なんですか」

「そこは確定。ほかにもツルんでるところがあるって話だ。あいつらが行っても、修学旅行みたいなもんで、なにの役にも立たねぇだろうけどな」

短くなった煙草を、意地になったように指で摘《つ》まんで吸い、鋭い目つきで大輔を見る。気づいて視線を返すと、西島が続けて口を開いた。

「どうして、おまえが選抜されなかったと思う」

「理由があるんですか」

改まって言われ、身構えてしまう。思い当たる節は、あれこれある。

「……俺は推すつもりだった。けど、『さる筋』ってところからストップがかかった」

「なんですか、それ」

本当に理解できず、目を見開いた大輔はすぐに顔をしかめた。馬鹿正直に驚いたら、素直すぎると恥ずかしくなったからだ。

「河口湖でたらふく肉を食ってきただろ？　あれ、面接だぞ」

「……は？」

眉間《みけん》にシワを寄せた瞬間、指から煙草が抜け落ちる。

「あ、わっ……」

あわてて受け止めた手が、危うく焦げかけた。

「熱ッ、じゃなくて！　どこから聞いたんですか！」

「さる筋」

「田辺……」

「ちげぇよ」

「河喜田さん……」

「バカ言うな」

ふっと笑ったのが答えだ。その河喜田へ、誰から伝わったのか、まるでわからない。

「おまえはこっちにいて、やることがあるんだと」

「めちゃくちゃ、怖いんですけど」

「あの男と組んでおいて、怖いもなにもねぇよ。あいつ、本当に立ち回りがうまいよな。

そっちのほうが、よっぽど恐ろしいだろ。まぁ、そういうことだ」

「全然、説明になってませんよ」

大輔はあきれて西島を引き留める。煙草を灰皿に落とし、早々、出ていこうとしていた西島は、なにごともなかったかのように鼻で笑った。

「べつに、『警察二十四時』に出て、名物刑事だとか言われたいわけでもないだろ？　そういう目くらましは、あいつらに任せておけばいい。壱羽組にブツを回しているのは、桜《おう》河会《がかい》会長の後妻だった女だ。その後ろには高山組の真正会《しんせいかい》がいる。……ここまで言えばわかるだろうがよ、相棒」

手の甲でバチンと胸元を叩かれる。

大輔は虚を突かれた。喫煙室に取り残されてぼんやりしているうちに、別部署の集団が入ってくる。しかし、出ていく気にならず、新しい煙草を取り出して火をつけた。

西島の話は理解できる。しかし、それが自分のキャリアと、どんな関係があるのか。

河口湖でのバーベキューの話を河喜田が知っていたなら、そこに大滝悠護がいたことも知っているだろう。

大輔は煙草をくちびるから遠ざけて、漠然と広がるさまざまな情報を煙の白いもやの中に見る。なにかがキラリと光って、ひらめきが走った。

次の瞬間には喫煙室を飛び出す。しかし、指には煙草が残っていた。踵を返して戻り、集団を押しのけて灰皿に落とす。乱暴な謝罪を残して、部署へ駆けた。

支給されているパソコンを立ち上げて、警察庁の組織図を探しだす。しかし、目当ての名前は見つからなかった。どこかで、いつか、見た。それは確かだ。

「おい、どうした」

西島に声をかけられ、ハッと息を呑む。聞くべきか、黙っているべきか。迷いに迷って、無言で顔を背けた。

貸しコテージのバーベキュー大会で、一緒に酒を飲み、酔いどれてステップを踏んだショートカットの『ミヤコ』。あの顔には見覚えがある。写真を見れば、まるで姉妹のように思えるはずだ。おそらく、化粧が違うだけだろう。

イスから立ち上がり、フロアの隅で書類を片づけている女性刑事のそばへ寄った。

「あのさ……」

「はい？」

振り向きざまに睨まれる。不機嫌が全身を包んでいたが、大輔が臆することはない。もうとっくに慣れていた。忙しいところを邪魔して悪いと思いながら、口早に尋ねた。

「前にさ、話題になってた若い管理官。女の。あの人って、どこの所属だった？」

西島からは距離があり、世間話をしているようにしか見えないだろう。

「いまさら？」

大輔より五歳年上の女性刑事は、冷めたまなざしで言った。被害者には優しいが、加害者と同僚には同じようにそっけないのが個性だ。

「べつに意味はないんだけど、急に思い出して。ここまで出てきてる……」

ここ、ここ、と喉元を示し、キャビネットへもたれた。

「『なんとかミヤコ』とかいわなかった？　違う？」

普段と変わらない態度で軽口を叩くと、相手は大きく肩を上下させた。

「そんなことより、三宅さぁ……、あんたの顔で『かわいげ』とか身につけないでよ。バカ丸出しのチンピラっぽいほうが扱いやすかった」

いまいましげに舌打ちをされる。バカにしているような口調だが褒められている。付き合っている恋人のおかげだと、それも喉元までせり上がった。しかし、言いたくても言えるはずがない。

「男に『かわいげ』とか言わないでくださいよ。それより……どこだった？　教えて、教えて。教えてください」

「サボってると怒られるわよ。ただでさえ、煙草休憩ばっかりしてるくせに」

「コミュニケーションの一環だよ」

「よく言うよ。……一ノ倉美也子《いちのくらみやこ》さんでしょ。警察庁の公安部」

「あ、そうだ。サッチョウだ」

若手女性キャリアとして一時期話題になった。大輔が覚えていたのは、外見の評判が高かったからだ。そのときは長い髪をおろしていた。

「すっきりした！　どうも、どうも」

「……しっかりしなさい。そんなのだから、出し抜かれるのよ」

安原のチームから北関東行きの人員が選ばれたことを、彼女もすでに知っている。

「へぇへぇ、働きます」

大輔はわざとらしく肩をすくめ、その場を離れる。携帯電話をいじりながら席へ戻ると、すぐに西島が寄ってきた。

「おっさん、暑苦しい……」

イスを足で押し返す。携帯電話の画面に表示されたのは、田辺からのメッセージだ。

『相談があるから、今夜会いたい』と書かれていた。

会うことに理由が必要な関係ではないから、本当に相談があるのだろう。仕事終わりにマンションへ行くと返事をする。

「なー、大輔。いま、なにの話してた？　なんで、サッチョウのことなんか聞くんだよ」

西島はイスに座ったまま、なおもじりじりと寄ってくる。聞こえない距離だと思ったが、西島の地獄耳には勝てなかったらしい。

大輔はなにくわぬ顔でごまかした。

「はぁ？　そんなの、どうでもいいんですよ。喫煙室で、若いキャリアの話を聞いたから、前に話題になったのがいたなぁ、って……」

「いたか？」

西島はふぅんと小さくつぶやいて離れていく。いかつい横顔には秘密の影もない。

大輔は小さく息をついた。書類仕事を始めるため、気合いを入れてデスクへ向き直る。

しかし、頭の中では、西島と河喜田と、警察庁公安部の一ノ倉美也子を思い浮かべる。

大輔が知っているのはショートカットのさっぱりとした姿だ。きつい顔立ちに、少年のような短いまつげをしていた。

ならば、『ユーナ』はどこに所属している人物なのか。

知れば、また一歩、入り込んでしまう。

しかし、知らないままでいても、荒波は向こうから押し寄せてくる。逃れる術はないだろう。

そういうものだ。田辺の腕を摑み、抱き合ったときから、こうなることは必然だった。

楽なほうへ逃れるか、挑んでいくかの二択しかない。

いま、大輔の目の前に伸びている道は、左右から茨《いばら》が生えた獣道だ。美しく整えられた舗装道路ではない。

北関東の麻薬問題の背後に、桜河会から出された女と高山組のヤクザが関わっているのなら、行き着く先は関西との揉めごとだ。これまでも、勢力を伸ばそうとした高山組が仕掛けてきたことはあった。関東支部の事務所も存在する。

大輔はちらりと西島を見た。のんきに大あくびをしている、ヤクザ顔負けにいかつい先輩刑事が誰と繋がっているのか。いますぐ問い詰めたい気分だが、ぐっと我慢する。

焦れば、足元を見られてしまう。どうせ、いいように扱われるとしても、荒波を乗りこなす余裕ぐらいは必要だ。

大輔が乗る舟は木の葉のように小さいが、田辺を同乗者にしている以上は、絶対に転覆できない。

田辺と味わう小さな幸せだけが、大輔のすべてだ。ほかにはなにもいらないと思える。だから、どんなことからも、この小さな木の葉の舟を守る。

すべてに対して冷静さを保ち、潮目を見る勇気を持つ。どうにかなると大きく構えるところと、流れに竿《さお》を差すと決めるところの按配《あんばい》を見極めていく。警察に残ると決めたのだから、いっそうシビアだ。

表情を引き締めた大輔は、さりげなく左の薬指を見た。そこにリングはない。仕事中ははずしている秘密の婚約指輪だ。

キーボードの上で指を動かして、ときどき盗み見る。なにもつけていない指だが、夏の名残に、うっすらと細く、白い影が残っているように思えた。

「ふたりとも『公安』だよ」

ミヤコの正体について話した大輔に対して、田辺はあっさりと種明かしをする。

「なんだよ、知ってたのか」

「気づくなんてスゴイね。さすが、組対のエース」

肩がぶつかり、頬にキスされる。それは先輩たちのからかいだと拗ねながら、身体をひねって離す。

仕事上がりに寄った田辺の部屋には、晩酌の準備が整っていた。足を踏み入れた以上、朝まで帰す気はないのだろう。

風呂に入ってさっぱりした大輔は、ソファの足元に置かれた大きな座布団の上であぐらを組む。座面にすがって振り向くと、キッチンから出てきた田辺が柔らかく微笑んだ。

手にした缶ビールのひとつを渡される。

「おつかれさま」

斜め上から、こめかみにキスが落ちてきた。何度でもそうしていたいのがわかり、大輔はビールを飲む前に田辺を隣に呼んだ。つまり、自分の隣の空間をポンポン叩く。

「……なに？」

わかっていて聞いてくる田辺が膝を揃える。だぼっとしたドルマン袖のTシャツを着た大輔は、立てた膝のあいだに田辺を挟む。

「今日、なにしてた？」

手触りのいいコットンのシャツを引き寄せる。

「仕事」

眼鏡をかけていない田辺の答えと一緒に、息づかいが触れた。続けてくちびるも重なったが、どちらともが遠慮がちなキスになる。数日ぶりに間近で見る瞳を覗くことにも忙しいからだ。

きらきらと潤んで輝く瞳の田辺は、もうすっかり全身が穏やかな雰囲気で、悪いことをして稼いでいたとは思えない。ヤクザの舎弟分でいることも、想像がつかなかった。

大輔はわずかな鬱屈《うっくつ》を覚え、身体を離す。

「やっぱり、兄貴分が恋しいとか、あるのか？」

「……昨日、会ったよ。そのことで相談がある。飲みながら聞いてくれたらいいよ」

「深刻な話じゃないんだな……？」

「判断がつかない。だから、共有しておきたいんだ。いい？」

それはもちろん、いいに決まっている。

「呼び出されて、赤レンガ倉庫のそばで立ち話をした」

話を始めた田辺は、片手でビールのプルトップを開け、中身をグラスへ注ぐ。泡を立てても、一缶がぴったり移せるサイズだ。テーブルにはマットが敷かれ、晩酌用の小鉢がみっつ並んでいる。マグロの山かけ、なめこをかけた豆腐、それから、レンコンのきんぴら。

先の細い箸も、きっちりと箸置きの上に揃っていた。

「新条の世話係についてる若い男のこと、知ってる？」

田辺に言われ、ビールに口をつけながら、小さく唸ってうなずく。

「顔のきれいな、大学生」

「そう……。くちびるに泡がついてる。あ、待って……」

笑いながら顔を寄せられ、上くちびるの山の部分を舌先で舐められた。田辺はほんわかとした笑顔で、離れがたそうにキスをする。そして、言った。

「その大学生を手放すから、警察で保護して欲しいって」

「あれだろ。壱羽組の次男坊。おまえもそのこと、知ってるよな」

「知ってる。それでさ、ここだけの話だよ」

自分のグラスにもビールを注ぎながら、田辺が念を押す。

「保護しても、本人の好きにさせろって言うんだ。つまり、執念深い兄がなにをしても手を出すなってことだ」

「捨て駒《ごま》か」

大輔は思わず表情を尖らせた。生来の正義感だ。

「そう思ってもいいんだけど、新条にも明かすなって言われてる。あの人なりの考えがあるんだと思う」

「……肩を持つわけだ」

若い大学生を捨て駒に使うような相手だ。言葉にも声にもケンカ腰のトゲが出てしまう。しかし、田辺は言い訳さえ口にしなかった。

「あの人のことは、なにひとつ信用しなくてもいいよ。そのまんまの嫌悪感を持っていて欲しい。でも、俺のことは信用して」

「……引き受けたのか」

「断ろうと思えばいつでもできる。でも、あの様子じゃ、別の刑事を通すだろうな」

「あの大学生の兄貴は、弟を裏風俗に売るようなヤツだぞ。いまだって、北関東の麻薬問題のハブ的立場だ。壱羽組からいろんなところに流れてる」

「その問題を片づけたいんだと思うよ、あの人は。……岩下から頼まれる前に、岡村からも探りを入れられたんだ。俺の忠誠心がどこにあるか……そういうことだろうね」

「こういうことを続けたら、一生、足を洗えないぞ」

「そんなことない」

ビールグラスをテーブルへ戻した田辺の手が伸びてくる。山かけのマグロを口に運んだ大輔は、話の流れを忘れ、おいしさに唸りながら振り向いた。

「これ、うまい」

「よかった。デパートの特価品。……大輔さん、断ろうか」

田辺の指先が、大輔の肘あたりに触れてくる。

「不安があるのか」

「あんたが、嫌なら手を引くだけのことなんだ」

「でも、おまえの長年の勘は、この流れに乗れって言ってんだろ？　そうじゃない？」

箸を置いて、強く触れてこない田辺の指先を捕まえた。

「ごめん……、言葉が悪かったよな。足を洗えってことじゃない。向こうがおまえをいいように扱ってるなら、腹が立つだけだ」

「それなら、事前に岡村を差し向けたりしない」

「……そっか、なるほどな。そういや、西島さんが河口湖のバーベキューのことを知ってたんだよな」

「え？」

大輔が捕まえたばかりの指先が驚きで跳ねる。逃げ出さないように指を絡めて、まっすぐに見つめた。

「河喜田さんから聞いたみたいだったけど。……どうだろうな。あれは面接だって、そんな感じのことを言ってた気がする」

「それで、あのふたり……」

「まさかと思ってるけど、そんなことないと思うんだけど、もしかしたら、広域捜査があるのかもしれないな。北関東でさばかれてる麻薬は、京都の桜河会から流れてきたものらしい。バックについているのは、高山組の真正会……。キナくさいだろ」

「大輔さん。あの人からの誘いには乗ろう」

田辺のもう片方の手が、大輔の手首を摑む。息せき切るような勢いで言われ、今度は大輔の驚く番だ。目を見開き、眉を引き上げる。

しかし、すぐに頰をゆるめた。

「俺の『まさか』を信じるなよ」

「答えなんて、誰にも教えてくれないんだ。もし、あなたが広域捜査のメンバーに抜擢されるなら、それはある日降ってくる場当たり的な幸運じゃない。そんなものは、ひとをダメにする。順を追って、試されて試されて、もがいて手に入れる地位が本物だ。……俺が、絶対に貧乏くじを引かせないから」

田辺の目は本気だ。見たことがないほどの情熱を滾らせて、まっすぐに大輔を口説いてくる。

「……おまえ」

ぽつりとつぶやいて、大輔は顔を背けた。視界がぼやけたと思った瞬間、自分のまつげが濡れたことに気づく。

守ろうと決めた相手の気持ちを、今夜、ここで、初めて知った気がした。

しかし、田辺は初めからそう思っていたはずだ。合意のないセックスの『初め』ではなく、田辺の心の中に特別が生まれた、そのときから、大輔のキャリアは守られてきた。大輔さえ手放そうとした『大輔らしさ』を、その行き先を、誰よりも信じて後押ししたのが田辺だ。

これが愛だとしたら、大輔が感じてきたこれまでの愛はすべて偽物だ。自分が幸せだとか、相手が幸せだとか、そういうことでもない。

人として、ことを成していく、その苦しみを伴う過程にも田辺はそばにいる。

「それほどの男じゃ、ねぇよ」

ちらりと視線を戻すと、田辺に肩を掴まれた。強く振り向かされる。

「……次にそれを言ったら、怒るから」

まっすぐに見つめてくる田辺の瞳も潤んで見える。

「俺はあなたが好きなんだ。……俺たちは、俺たちの足で進もう」

「泥舟かもしれないのに」

「ヤクザが刑事《デカ》に溺《おぼ》れたときから、俺の舟は溶けてなくなったよ」

「……おまえが乗ったつもりでいる俺の舟は小さいんだ。こんな、小さな木の葉の舟で……」

「愛してるよ」

田辺が突然、口にする。

「あなたが俺を愛さなくても、俺は、その木の葉に乗り込んで……死ぬまで降りないつもりだったんだ。きっと、そうだ。だから、愛してる。そんなに、どこもかしこも男なのに、俺に抱かれてくれて、それでもやっぱり、あなたは男だ。……愛してる」

「もう、わかった……」

さすがに恥ずかしくなって手のひらを向けて止める。しかし、その手を引っ張られて、抱き寄せるのも中途半端に抱きつかれる。

「あぁ、テーブル……ッ」

晩酌用の皿やグラスがぐちゃぐちゃにされそうで、とっさに手で押しのけて遠ざける。

「……おまえのほうが、立派なんだよ？　わかってんの？　なぁ、あやちゃん……」

ふざけて笑い、抱きついている田辺の髪に指を絡める。

「わからない」

大輔を真横から抱いた田辺は、肩へ伏せた顔を左右に振った。

「大輔さんも、言ってよ」

「え？」

「俺のこと、愛してるって言って」

「え……、いや、それは……あー、あ、あ……」

いざとなると口にするのが恥ずかしい。

「『好き』じゃダメ？」

「ダメ」

顔を離した田辺は膝を立て、大輔をしっかりと腕の中に抱きこんだ。

「見てれば、わかるだろ？　ほら、な？」

のけぞるようにしてあごを上げる。田辺は首を左右に振った。

「言葉で聞きたい」

「おまえも頑固だな……。粘着質で、ストーカーで、執念深い。……正直さ、こんなの、いつまで続くだろうって、考える……。でも、できる限り続けばいいと思ってるし、おまえの執念深さを信じてる。……だから、いまは言わない」

「あとで言わせる。意地でも」

それはベッドの上での話だ。

「そんときは、嫌ってほど言ってやるよ」

快感に溺れて、なにがなんだか、わからなくなっていれば、いくらでも口にできてしまう。それだって大輔の本心だ。思っていないことを口走ったりしない。

「ほら、晩酌の続き。続き。……リモコンは？　プロ野球ニュースつけてくれ〜」

照れ隠しで頼むと、田辺は小さなため息をついてその場を離れた。リモコンを操作して、ソファの前のテレビをつけてくれる。

「明日、休みじゃないけど、抱いていいの？」

不機嫌な口調の田辺が仁王立ちで聞いてくる。

マグロの山かけの小鉢を摑んだ大輔は視線を上げた。

「……お、おう。いい、けど……マグロ、もうないの？」

あまりにおいしくて、おかわりを要求してしまう。田辺はあっけにとられたあとで笑い出した。

「残りは明日の朝食用に、漬けにしてある。漬け丼とあおさの味噌汁《みそしる》。きんぴらも上手くできたから、食べて。っていうか、……早く、食べてしまって……」

テーブルに戻ってきた田辺はいそいそとビールを飲む。

「そんな、期待してるような激しいのは無理だからな。仕事だからな？　明日、仕事」

レンコンのきんぴらに箸を伸ばし、残った左手で自分の胸あたりを指差した。これは大事なアピールだ。

「いいよ。挿れなくても。ぐずぐずになるまで、指でしてあげるから」

「……言うな」

口に入れたレンコンがパリッと小さく音を立てる。歯ごたえがよく、甘辛さで酒が進む。

「これ、うまい」

「だろ？　レシピ、探しまくったからね」

テーブルに頬杖をつく田辺は満足げだ。大輔がレンコンを箸で運ぶと、素直に口を開く。

「なんか、忙しくなりそうだな。……結婚式、しようって言ってたのにな」

大輔が勝手に言いだしたことだ。プロポーズをしたら、結婚式、それから一緒に暮らす。

相手を大事に思えば思うほど、順序を守りたい性分は変えられない。

「なぁ、おまえはどうしたい？」

大輔が尋ねると、田辺は穏やかな微笑みを浮かべた。

「一緒に暮らしたい」

表情とは裏腹に具体的ではっきりとした返事だ。

まっすぐな言葉は大輔の胸にふかぶかと刺さった。

「おまえ、かわいいよな……」

街を歩けば、女の子が騒がしく振り向くほど王子さま然とした恋人だ。出会った頃のやさぐれ感はなく、育ちのよさがたまらなく愛《いと》おしい。

「わかった。来月末でいまの部屋、解約しよう」

「え？　本当に？」

田辺が驚いて肩をすくめた。大輔は数回、うなずきを返して言う。

「住民票も移す。いいよ、別に。おまえと住んでることが、誰に知られたって」

「ビール……、まだ一本も飲み終えてないけど？」

酔うには早いとからかわれ、大輔は目を細めた。

「そーいうこと、言うか？」

「ごめんなさい。言いません。……いいの？」

「いい。決めた。……結婚式もするんだけどな」

「俺は、そこにこだわりないからね」

田辺がすかさず言葉を挟む。しかし、大輔の気持ちは変わらなかった。

「俺はあるから。ふたりきりがいいよ。……あとから思い出したいんだ。おまえが、そうやって酒を飲みながら『結婚式したねー』って言って、俺はこうやって酒を飲みながら『おまえ、かっこよかったな』って思うんだよ」

「思うだけ？　言ってくれないんだ」

「言うか、恥ずかしい」

「いま、言ったも同然だけど？」

「これは妄想だから、ノーカウント。冬が来る前にできるといいけど……、男同士って断られるのか」

「大輔さん、神式がいいの」

「そうだな。前も、本当は神社がよかった」

正直に話すと、田辺は眩しそうに目を細めた。

「合わせてあげたんだ」

「おまえはどうして欲しい。前のことは置いといて、おまえのわがまま、聞いてやるよ。俺にひらひらのドレスでも着せるか」

にやっと笑ってみせたが、田辺は乗ってこない。

「そうだな……」

悩む声を出しながら立ち上がり、次のビールを冷蔵庫から取って戻る。

「俺は、大輔さんのわがままを聞くのが好きだからなぁ」

「とか言って、夜はわがまま放題だろ」

「それは貪欲《どんよく》に……」

ふっと性的な笑みを向けられ、大輔は笑いながらビールをおかわりする。

田辺も自分のグラスへ注ぎながら言った。

「探してみるよ、神社。あと、衣装か……。これは俺が決めたいかも。大輔さんの紋付き袴《はかま》、白かな、黒かな」

「どっちも黒」

「地味……」

「べつに、スーツでよくない？　おまえは派手なの着れば？」

「……スーツは絶対にダメ。そんなの、普通に昇殿参拝だからね？　写真も撮りたいから、紋付き。これは絶対」

「わがまま言わないって言っただろ」

「聞いてくれるって、言ったよ？」

「……そう、だな」

すごすごと引いて、ビールを喉へ流し込む。それから、あれこれ考えて楽しそうな田辺の顔を眺める。胸の奥に熱いものが込み上げてきて、たまらずにグラスを置いた。

「あや……。もう、晩酌はいいや」

「うん？」

甘い目元が、すべてを悟った表情でほころんだ。

「ベッドに行く？」

「あとで食べるけど。明日、仕事だからな。一時間しかセックスできない」

「……時間制……っ」

笑った田辺が立ち上がる。手のひらを差し出され、大輔は腕を伸ばして摑み返す。引き上げられ、そのままキスをした。

「なぁ、あや。籍は入れられないけど、おまえの名前、うちの墓に彫ろうか。考えとけよ。いつだっていいから」

キスを止めて、瞳を覗き込む。淡い恋の色を滲ませて、田辺ははっきりわかるほど幸せそうだ。

「次に帰ったら、もうお母さんが彫ってもらったあとかもしれないけどね」

「ありそうで、こわい。……いつか、籍もな。入れるからな」

頰に触れてくちびるを寄せる。腰に回った手に優しく抱き寄せられ、大輔はもう身も心も溶けていきそうになる。

「大輔さん、もう、して欲しくなっちゃった？」

優しく問われて、腰の裏がじんわりと熱くなる。

「なった……」

「じゃあ、おいで。今日の疲れを取ってあげる」

手を引かれて、素直にあとに続く。静かなリビングに残された晩酌の残りは、幸せな生活そのものだ。

先を歩く田辺の背中を見つめ、大輔は小さく『愛してる』とくちびるを動かした。

ラブシーン

薄暗くした寝室で全身をマッサージして、宣言通りに『今日の疲れ』をほぐしていく。肩から背中、尻《しり》、太ももの裏側にふくらはぎ。どこへ指を滑らせても、大輔《だいすけ》は気持ちよさそうに唸《うな》る。

「寝そう……」

ついにあくびをして、むにゃむにゃと言葉にならない声を発する。

「気持ちのいいこと、しなくていいの？」

腰にのしかかってささやけば、全身がわずかに緊張する。

田辺《たなべ》はなおもマッサージを続けたが、今度はＴシャツの中へ手を差し入れた。素肌を撫《な》でて服をずらし、乳首をそっと摘《つ》まんで愛撫《あいぶ》する。

やわやわと欲情を高め、互いがセックスの雰囲気を持った頃にコットンパンツを下着ごと脱がせた。うつぶせになっていた大輔は、素直に身体を反転させ、自分でＴシャツを脱ぐ。田辺のシャツも脱がそうと手を伸ばしてくる。されるに任せた田辺は、次の展開を待った。

大輔の息づかいがくちびるに触れる。

「明日、仕事だからな。一時間だからな」

しつこいくらいに念押しをするのは、大輔のほうが延長を申し出るからだ。一時間のはずが二時間、三時間になるのはざらで、最後は仕方なく、田辺から断りを入れる。できるだけ優しく愛情を持って、あとで怒られないよう、保身に走るのだ。

本当は疲れ果てるまで戯れていたかったが、睡眠不足が祟《たた》ってケガでもしたら、後悔してもしきれない。

昔とは違い、次の約束がある関係だ。躍起になって相手を貪《むさぼ》る必要もなかった。

「ちゃんと時間を見ておくから」

キスの合間に答えると、大輔のまぶたがゆっくり下りていく。身体《からだ》を委《ゆだ》ねる合図を受け止め、田辺は両手で首筋を支えた。上くちびるに吸いつき、次に下くちびるを吸う。待ちかねて出てくる濡《ぬ》れた舌先も吸うと、大輔の声は甘くかすれていく。

ふたりのあいだに焦燥感が生まれ、田辺はディープキスを繰り返しながら、大輔の肌を手でなぞる。眼鏡《めがね》をはずしているので、安心して密着できた。

引き締まった肩から腕へ、そして肘《ひじ》を撫でて腕に浮き出た筋をたどり、最後に指先を握りしめる。

「キス、気持ちいい……ね？」

田辺のささやき声に、大輔がぶるっと震えた。指先を握り返してくる指先が先を急ぎ、時計の針がカチコチと音を立てるようだ。

　一時間の情交をたっぷり堪能《たんのう》するつもりでいる恋人に気づき、田辺の性欲は盛大に煽《あお》られた。押し倒してしまいそうになるのを、ぐっとこらえる。

　急がずに落ち着き、向かい合った大輔の手を自分の腰へいざなう。自分の手は大輔の腰へ伸ばした。どちらもあからさまな形をさらして勃《た》ちあがり、相手の指先の熱さに感じ入って息が乱れる。

「……もっと」

　片手をおろしたまま、大輔が言う。もう片方の手で田辺の頬《ほお》に触れた。

　その仕草は優しかったが、欲情を滾《たぎ》らせた雄のまなざしは獰猛《どうもう》だ。田辺のくちびるの端へ吸いつき、ぬめって熱い舌先を早々に差し入れてくる。

　強引に舌を探られ、田辺は思わず逃げた。

　そうするほどにくちびるが深く重なり、大輔の濡れた肉片が口の中を跳ね回る。

　互いの息は熱く乱れ、舌先で追いかけっこをしながら、自慰をするように相手の欲望を育てていく。甘く爛《ただ》れた空気が寝室を満たし、田辺はついに倒れ込んだ。大輔にのしかかられたまま、腰を抱き寄せて尻を揉《も》む。

「いいよ、乗っても」

　田辺が声をかけたのは、大輔の身体がわずかに浮き、全体重をかけて押しつぶさないように配慮しているとわかったからだ。ささやかな気づかいが嬉《うれ》しくて、腰と背中を同時に抱き寄せた。こらえきれずに落ちてくる大輔の身体は確かにずっしりと重い。見た目以上なのは、筋肉量が多いせいだろう。

「重いだろ」

「でも、こっちのほうが……」

都合がいいとまでは続けず、尻のスリットを撫でた。指先を遊ばせて、深みをなぞる。大輔は息を引きつらせ、じれったい愛撫に腰をひくつかせる。本人は我慢しているつもりでも、その小さな反応がいちいちいやらしくていやらしい。

しばらく指先ですぼまりをじらし、それから体勢を逆転させた。大輔を仰向けにして、ローションを施す。ぐちゅぐちゅと音が立つまで丹念に濡らし、大輔が身悶《みもだ》えるほどに中をこねた。

前立腺《ぜんりつせん》を揉まれる快感に慣れた大輔は、素直に身を投げ出し、激しく息を乱して溺《おぼ》れていく。全身がまたたく間に火照《ほて》り、汗がじわりと肌を湿らせた。

男らしく、呻《うめ》くような声を喉《のど》に詰まらせて果てるのを聞き、田辺はコンドームを手にする。これみよがしな膝立《ひざだ》ちの姿勢で装着したのは、大輔の視線が追ってくるのを感じたからだ。

「……準備できたよ。大輔さん、あんよ持って」

片方の膝を押し上げると、不満げな顔をした大輔が両膝を抱える。

「もっと引き寄せてくれないと、気持ちいい穴がどこか、わからない……。ねぇ、大輔さん、上手に持てるよね？」

両足が持ち上がれば、腰も連れてバスタオルから離れていく。それでもまだ足りず、太ももの裏側を両手で押した。

「こっち、見て」

足のあいだに収まり、そっぽを向いている大輔に優しく呼びかける。見下ろして待つ田辺に向けられるのは、照れ隠しのひと睨《にら》みだ。

その男らしさに射抜かれて、田辺の腰は不謹慎に痺《しび》れてしまう。

「上手だよ、大輔さん。……いい子には、ゆっくり入れてあげる。ね……。俺を見て。……好きだろ？　あなたの中へ入っていくときの、俺の顔……」

「んっ……」

先端がぬめった穴に押し当たり、大輔は敏感に肩をすくめて反応した。穴はきゅっと狭まり、すぐにほどけていく。力の抜けた瞬間に合わせて腰を進めると、窮屈な肉の環に丸々とした切っ先が突き刺さった。強い刺激を感じて、田辺の眉根《まゆね》が狭まる。

それを見上げている大輔が小さく喘《あえ》いだ。

自分の中へ入ってくる田辺の苦しげな表情に興奮した証拠だ。もちろん、大輔の顔つきにも男の色気が滲《にじ》んでくる。抱かれているのに、挑んでくる瞬間だ。

「……大輔さんっ」

顔のそばに手をついて、腰を揺らしながらくちびるを求めた。興奮が募り、乱暴な仕草になったが、一度勢いづけば止められない。

「……く、ぁ……っ、あ、あ……」

「えっちな顔、してる……。好きな角度、当たってるんだよね。ここ?」

揺さぶられた大輔は喘ぎながら膝をかかえ、角度を少しずつ変えていく。大輔にとって快感が強く、田辺にも動きやすい角度だ。

「すごい、締めつけ……あぁ……」

思わず声が漏れてしまうと、至近距離にある大輔の顔が動いた。視線が絡み合い、どちらからともなく引き合ってくちびるを交わす。

「大輔さん、えっちな声、聞かせて」

「……いや、だ」

「どうして。こっちは俺が好きだって、言ってるよ。ほら、また締まった」

息を乱して腰を振りながら、大輔の瞳《ひとみ》を覗《のぞ》き込む。隠しようのない雄の欲情を見つけるたび、田辺の胸は疼《うず》き、かき乱されていく。たいせつに優しく抱きたいと思いながら、一方ではぐちゃぐちゃに抱きつぶしたくなる。

しかし、明日は仕事だ。それを思い出して、今夜もまたぐっと耐える。

「……うるさ、い」

大輔から冷たくあしらわれたが、本音は手に取るようにわかっていた。だから、膝をかかえている腕をほどき、自分の肩へと引っ張り上げる。

「摑まってて。深いとこ、する……」

「やっ、だ……」

快感に怯《おび》えた大輔が足をばたつかせた。肩を押しのけられたが、体重をしっかりかけて逃がさない。

「だめ」

甘くささやいて、腰を押し入れる。

「あ、あ……ふか、い……っ」

苦しげな声が出るのは、奥まで差し入れ、ゆるやかに抜き出し、また押し込んでいくからだ。ずるずると肉が動く感覚に翻弄《ほんろう》されるのは、大輔だけではない。

田辺もまた、濡れた肉壁にぎっちりとものをしごかれ、強烈な快感に囚《とら》われる。

「……絡みついて、すごい。生で挿《い》れたかったたな」

「じゃ……取れよ」

小さなかすれ声だったが、田辺はきちんと聞き取った。

「いいの？」

「一回、だけだからな……」

肩で息をつく大輔のまつげはうっすらと濡れて見え、田辺はそっと目の端にキスをスタンプする。

「大輔さんの言い方は意地悪だ。……あんたも、生で挿れて欲しいんだろ」

口調をきつくすると、田辺をスキン越しに締めつける肉がいっそう狭くなる。

「ねぇ、大輔さん……。あなたの中に、生で挿れたいから……、おねだり、聞かせて」

手管を変えて、今度は甘く訴えかけて見つめる。

「おま、え、は……っ」

「ね、お願い」

「……む、無理……」

何度か、くちびるを空動きさせたが、淫《みだ》らな言葉は出てこない。その代わりに、膝が田辺の腰を撫でてくる。

「早く、はずせよ……。あや……」

「今度の休みはたっぷりするからね。恥ずかしいこと、言ってくれるまで、じらすから」

ゆっくりと引き抜き、コンドームをはずす。改めてローションを塗り、敷いてあるバスタオルで手を拭《ふ》いた。

「大輔さんの身体が柔らかくてよかった」

膝裏を押し戻しながら挿入すると、生身の感覚を察知した大輔の腰がむずかるように逃げていく。つるっと先端がはずれたが、あわてることなくすぼまりを追う。

「あ、あっ……」

「……っ、きもち、いい……」

田辺もぎゅっと目を閉じた。明るくても暗くても、田辺のまぶたに映るのは大輔の姿だけだ。心も身体も奪い取られて、いまはもう彼にしか反応しない。

「大輔さん……っ。動きたい……」

言うが早いか、田辺は息つく間もなく腰を振った。

大輔の片膝を肩にかけ、額から流れ出る汗も拭《ぬぐ》わずに没頭する。

「ん、くっ……ぅ……」

シーツを摑《つか》んだ大輔が喉元を晒《さら》してのけぞり、ふたりのあいだで半勃ちになっていた肉《にく》竿《さお》の先端が濡れる。白濁が溢《あふ》れ、肌を伝い落ちていく。

「あや……っ、あやっ……」

大輔から呼ばれ、腰を振ることに夢中になっていた田辺は、ちらりと視線を向けた。見つめられると胸が震える。腰がびくっと波打ち、先走りが熱い沼地にこぼれてしまう。

まだ、終わりたくなくてこらえると、大輔の手が伸びてきた。胸元に触れられ、鎖骨のあいだを抜けて、喉をあがる。あご先をくすぐられたあとで、くちびるにたどりつく。

その指を田辺はそっと口に含む。

「んっ……」

大輔が息を呑《の》み、腰を揺らす。田辺はなおも吸いつき、舌を動かして舐《な》めた。

「……きもち、いっ……あや」

田辺の舌に触れながら、大輔はせつなげに目を細める。身体が小刻みに震え出し、泣き出しそうに眉をひそめた。低い呻きにまぎれて、喘ぎは甘くとろける。

それが、田辺だけに見せられる、大輔の嬌態《きょうたい》だ。たまらなくかわいくて、刺激的で、何回でも勃起《ぼっき》できる。

「いいよ……好きなときに、イって。見てるから……、感じて溺れる、やらしい顔……」

「あ、あっ……」

田辺の肩に掴まり、大輔が極まっていく。腰を振るのも苦しいほど締めつけられ、田辺はすべてを大輔に委ねた。すると、肩にあった手が首筋へ回り、強く引き寄せられた。大輔の足は田辺の腰へと移動する。

ぎゅっと強く両膝に挟まれた瞬間、大輔の身体が跳ねた。ふたりのあいだでこねられた先端が暴発して、生温かい体液が撒《ま》き散らされる。

そして、田辺にも、強い快感が与えられた。大輔の腰づかいで、ふたりを繋《つな》ぐ楔《くさび》が艶《なま》めかしくしごかれる。

「……でる……っ」

　我慢する必要はなかった。大輔に搾り促されるまま、田辺は欲望のすべてを手放して解放される。快感に満たされ、思う存分に貪り、そして、また主導権を取り戻した。

「大輔さん……、時間の約束……」

　二度目に突入しながら耳元へささやくと、情交にとろけきった大輔はうっとうしそうに首を左右に振った。

「……らめ、……んっ」

「言えてないよ」

　笑いながら揺さぶり、田辺は必死にやめどきを探す。しかし、舌の回っていない恋人のかわいげには勝てない。

「あとで怒るくせに……」

「ん、んっ……」

　揺さぶられながら、大輔は舌足らずに『愛してる』と口にする。それはあまりに無防備で、田辺の理性を途切れさせる威力だ。

「こういうときだけ……っ」

　いまいましげに訴えても、浮き立つような心は隠せない。大輔の胸に手のひらを押し当て、ぷくりと膨らんだ乳首を摘まみこねる。愛撫に乱れる身体をさらに開かせ、ふたりの欲望を混じり合わせていく。

「大輔さん、愛してる。もう一度、言って……」

卑猥《ひわい》な腰つきで責めながら、ろれつの怪しい愛の言葉に溺れていく。

大輔は二度、三度と繰り返し、田辺の身体にしがみついてくる。

こんなときだけでもよかった。むしろ、こんなときにだけ口にするから興奮する。

「本当に、この一回だけだからね。ね！……、いい？　わかってる？」

田辺は念を押したが、大輔からの返事はない。

汗ばんだ身体が押しつけられ、いたずらな瞳に覗き込まれるばかりだ。

「いけない人だな……。淫乱なふりをして……。もっといやらしいこと、ここに教えるよ？」

嫌だと言われる前に腰を振る。こすりつける動きがいっそう卑猥になっていく。

大輔は伸び上がるように背中をそらし、くちびるを引き結んで快感に耐えた。田辺はその顔つきをじっくりと眺める。

強い快感に汗が流れ、大輔の肌に落ちていく。夏の日焼けのあとは、まだうっすらと残っていた。

あとがき

こんにちは。高月紅葉です。

刑事に×××シリーズの文庫第六弾『刑事に決め手のプロポーズ』をお届けします。そして最終巻です。これまで応援、ご愛読いただいたみなさま、ありがとうございます。

え？　話が全然終わってない気がする……？

そうですね。続いてますね。人生というものは、物語のエンドマークとは関係なく続いていくものらしく、彼らはこれからも仁義なき嫁シリーズに巻き込まれていきます。

しかしながら、電子書籍で先行して書いていたときから、彼らの物語はプロポーズで一度、締めると決めていました。この先は、毛色の違う話になるので。

と、いうわけで、また別仕立てで展開していけたらと構想しています。同人誌→電子書籍での公開になるかと思いますので、Twitterで情報を追っていただけると嬉しいです。

最後になりましたが、本作の制作・出版に携わった方々と、大輔と田辺を見守ってくださっているみなさんに心からの感謝を申し上げます。ありがとう。本当にありがとう。

高月紅葉

大輔サン
次は和装だよ
えっ!!
マジだったの!?
おやまだあみ。

ラルーナ文庫

この本を読んでのご意見・ご感想・ファンレターなどお待ちしております。〒110−0015 東京都台東区東上野3−30−1 東上野ビル7階 株式会社シーラボ「ラルーナ文庫編集部」気付でお送りください。

刑事に決め手のプロポーズ：電子書籍に加筆修正
あたらしい季節：書き下ろし
ラブシーン：書き下ろし

刑事《けいじ》に決《き》め手《て》のプロポーズ

2023年3月7日　第1刷発行

著　　　者｜高月《こうづき》 紅葉《もみじ》
装丁・DTP｜萩原 七唱
発　行　人｜曺 仁警
発　行　所｜株式会社 シーラボ
〒110−0015　東京都台東区東上野 3−30−1　東上野ビル7階
電話　03−5830−3474／FAX　03−5830−3574
http://lalunabunko.com
発　売　元｜株式会社 三交社（共同出版社・流通責任出版社）
〒110−0015　東京都台東区東上野 1−7−15
ヒューリック東上野一丁目ビル3階
電話　03−5826−4424／FAX　03−5826−4425
印刷・製本｜中央精版印刷株式会社

　ISBN978-4-8155-3279-6